读者丛书
DUZHE CONGSHU

从一棵树到一片海

读者丛书编辑组 / 编

读者出版传媒股份有限公司
甘肃人民出版社
甘肃·兰州

图书在版编目(CIP)数据

从一棵树到一片"海" / 读者丛书编辑组编. -- 兰州：甘肃人民出版社，2022.10（2024.12重印）
ISBN 978-7-226-05831-2

Ⅰ. ①从… Ⅱ. ①读… Ⅲ. ①散文集-中国-当代 Ⅳ. ①I267

中国版本图书馆CIP数据核字(2022)第094131号

总 策 划：刘永升　马永强　李树军
项目统筹：宁　恢　高茂林
策划编辑：高茂林
责任编辑：王建华
封面设计：裴媛媛

从一棵树到一片"海"
CONG YIKESHU DAO YIPIANHAI
读者丛书编辑组　编
甘肃人民出版社出版发行
(730030　兰州市曹家巷1号新闻出版大厦14楼)
三河市嵩川印刷有限公司印刷

开本710毫米×1000毫米　1/16　印张15　插页2　字数190千
2022年10月第1版　2024年12月第4次印刷
印数：30 001~32 000

ISBN 978-7-226-05831-2　　　　定价：39.00元

目 录
CONTENTS

001 郭兰英的"味儿" / 刘红庆
008 最大限度地逼近真实 / 毕淑敏
011 人生当为何事来 / 孙忠法
019 利坯师傅老葛 / 明前茶
022 幸福而丰富的一生 / 连　岳
025 彭士禄：90载"深潜"人生 / 李璐璐
032 一张捞纸帘，几许少年心事 / 明前茶
035 从一棵树到一片"海" / 陈智卿
042 故园无此声 / 李斐然
051 "铁人"是怎样炼成的 / 吴晓东
055 多是人间有情物 / 徐慧芬
060 山楂是甜的 / 肖　于
064 玩具修复师 / 刘　雀
070 从石头缝里"挤"出来的石油
　　　/ 韩　宇　管建涛　杨　喆
075 妈，等你回来 / 张泽茜
080 三代同堂的理发店 / 阮义忠
083 朴实宽厚如黄土大地 / 李　军

088 不惧孤独，才能翻阅故宫 / 马未都

091 今晚，他们不会为水担心 / 温　飞

098 植物猎人 / 莫小米

101 与时间赛跑 / 金台环环

108 为什么需要中国女排 / 杨　杰

120 我的父亲 / 马　良

124 我爱你，正如深爱莫高窟 / 敦煌研究院

129 最幸福的儿科医生 / 胡展奋

135 那些晚班的司机 / 柏滨丰

139 铁血青春里的硬功夫 / 刘善伟

146 生命最后的尊严 / 从玉华

154 石头里的春暖花开 / 葛　闪

158 "老伙伴"梁思成 / 黄　汇

163 蒲松龄是一盏灯 / 罗振宇

167 轮椅上的那个年轻人，起身走了 / 王开岭

174 老爸的菜园子 / 肖　遥

177 生命拔节的声音 / 魏瑞红

184 永远的微笑 / 曹可凡

189 最好的药 / 魏一例

194 名角 / 贾平凹

200 1% 的世界有多大 / 陶　勇　李　润

207 独自老去 / 张　瑞

214 惊鸿一梦，逆流而上 / 鲁西西

219 成为自己想成为的人 / 西　茜

224 三轮车夫登上学术舞台 / 王景烁

232 月光如水照缁衣 / 钱红莉

236 致谢

郭兰英的"味儿"

刘红庆

一位老艺术家说:"半个多世纪过去了,在中国歌坛,兰英依然代表着民族声乐艺术的最高成就。兰英同志是大家,是高峰,她独具光彩,映照着音乐艺术的大千世界。"一位诗人说:"我爱她的歌声,这歌声来自民间,有刚犁开的泥土的气息..,好像烈火一样炽热,唱出了苦难和抗争。她的嗓子就像是用金属薄片制成的,从心房里发出的声音准确、悦耳,使人振奋,嘹亮的歌声像露珠一样圆润,如同百灵鸟在啼啭,似清清的泉水流在山涧……"

郭兰英的歌"有味儿",有什么味儿?中国人的味儿,中国大地上的味儿!

那么,郭兰英的"味儿"是怎样炼成的呢?

枕着脚睡

因为贫困，幼年郭兰英唱了戏。她身材矮小，自己上不了舞台，需要大人在身后拤住腰抱上舞台。她还没有道具木刀高，垂直提刀的小胳膊需要用劲抬起，才可以使刀尖不着地。郭兰英边学边实践，成了晋剧班的一员。她回忆道："才四五岁吧，跟着我师父在农村演出。唱完一个，等下一个台口。有台口，就继续赶路。师父把我放在驴背上，我骑着驴，两边都是服装、道具，还有被子什么的。一开始跑丫鬟、才女，是龙套，但没打过旗子。6岁的时候演小武生，我拿的那个刀啊，比我个儿都高。俩小孩一起站着，下边嗷嗷的，挺喜欢的。演《武松杀嫂》，那刀差不多比我还高，但是观众特喜欢。我特认真，也挺带劲的。一开始是刀马旦，我能翻跟斗嘛。"

88岁时，郭兰英一边比画一边讲："我为什么现在还能这么走？我的腿是练出来的。小时候，练功，晚上枕着脚睡觉，就是把脚翻到后边，枕在后脑勺下睡觉。前半夜左腿，后半夜师父用棍子敲：'换腿，换腿。'整条腿拿下来的时候，都没有知觉了，一点一点下来。师父说：'快点，快点，我还要睡觉呢！'然后再把另一条腿弄上去枕着。5点不到，师父就又敲——起床了。师父不容易啊，他也不能偷懒。"

一天都在练功

到了太原，郭兰英的新师父是"九二师父"张春林。按照《晋剧百年史话》口述人王永年的推算，"九二师父"出生于1886年。他教郭兰英的时候已经56岁了。郭兰英回忆说：

每天清晨4点就空着肚子到野外去练声。开始并不大唱，而是"喊嗓子"。师父教我们喊"唔"和"啊"（"唔"是闭口音，"啊"是开口音）两个字。"唔"字发音时气息由小肚子出发，经鼻腔共鸣，再从嗓子里出来。"啊"也是从小肚子出发，但没有经鼻腔共鸣，是圆的。喊"唔"或"啊"字时，也有高低音的变化，但极简单，喊上一二十分钟之后，嗓子里"热火"了，就是"润"了，再下去念道白。道白的声调比唱低，比说话高，每一句道白中，有高有低，有强有弱，既练声音又练字。我初学时，常练的一段道白是《三娘教子》。念到"出溜儿"（即嗓子眼滑了）时就好了，接下去才用戏中的腔调来练习。喊嗓子和念道白是为练唱做好准备。当时不管身体好坏，我们每天总要有三四个钟点不间断地练声。

师父教唱，主要根据徒弟的具体情况：鼻音太重的，就光念道白，发音位置不对时也不许唱。每人的毛病不同，每天的情况也常有变化。有好几个师父轮流教我们，但方法是统一的，所以虽然换了人，但并不妨碍教学。

北方冬天的早晨，寒风凛冽，郭兰英一样得去海子边。师父要求郭兰英伏在冰面上练声，直到把坚硬的冰哈出一个洞来。即使刮着大风，飘着雪花，也得张大嘴，对着风、对着雪喊嗓子。即使身体不舒服，甚至生病，也必须坚持不懈地练。

早上4点到8点，在海子边练声4个小时。然后回到院子里，练习两个小时武功。早晨这6个小时的练习结束后，才能吃早饭。早饭之后，大约10点到12点，练习"勾嗓子"。中午过后，需要练习"吊嗓子"。一天中的第二顿饭，吃得比较早。晚饭之后的时间，要听师父念戏。因为那时候戏班子里的师徒基本不识字，师父的戏文都记在脑子里。于是，师父一句一句教，郭兰英一句一句记，全是口传心授。晚上有时候要到戏园子里演出，演出结束回家，一般都到了夜里12点，等睡下，就更晚。有时候，真正的睡眠时间，只有两个小时。

睡觉的两个小时也不消停，得枕着脚睡。这日子全是在和身体较劲。这就是一个学戏孩子的一天，这样的生活至少持续3年。为了未来成为"金玉"而非"土泥"，有梦想的孩子们必须忍受这番苦。老话说："不吃苦中苦，难得人上人。"尽管许多孩子终其一生没有成为"人上人"，但在少年时候，也不能不吃苦中苦。郭兰英就是这样过来的。

转　　折

1946年，在张家口，成为晋剧"头牌"的郭兰英与新歌剧《白毛女》相遇了。郭兰英说："我在张家口演晋剧时，满城都传开了，说《白毛女》怎么怎么好。我因为天天有演出，所以没有时间看。有一天，我只演一个比较短的折子戏《血手印》，且排在最后。之前是班上其他演员的折子戏。这中间有两三个小时，我就趁这个机会跑去看了《白毛女》。"

郭兰英后来在《革命艺术对我的影响》一文中说：

> 我早听人家说《白毛女》是个很好的戏，是"歌剧"，歌剧是什么样的我也不知道。戏一开头就"拿"人……说实在的，这时候我已经演过几年戏了，知道舞台上人物的喜怒哀乐都是演员表演出来的，所以我看戏不那么容易激动。可是看了《白毛女》，我却怎么也控制不住自己的感情了，一边看，一边就止不住地流下眼泪。
>
> 我们戏班那边前面唱的帽儿戏快完了，该我上台，我还没有回来，演员就把戏拖得挺长。看完《白毛女》第一幕，我才

赶回戏班。大家一看，我哭得像个泪人儿，眼睛都肿了，以为我出了什么事，围着问我，我却什么话也讲不出来。这时前边已敲起了锣鼓等我上台，我只得匆匆抹了两道眉毛，化了个素妆就上台。那天的戏根本没有演好，不知怎么搞的，本来要演一个多钟头的戏，我四十多分钟就赶完了。我心里一个劲儿惦记着那边的《白毛女》，也没顾上把黑眉毛擦净，把红嘴唇抹掉，就往那边跑。还好，赶上了最后斗地主那幕戏。

郭兰英接受记者采访时说："一开始觉得还好，看着看着就看进去了。尤其是看到杨白劳喝了卤水，死了，我就哭得不行了。我定在那儿，想走，双腿走不了，差一点儿误了自己的演出。看完演出，我回去怎么也休息不好，心里头总是想着《白毛女》。我想，这才叫演员演戏，这是演员演的真戏，所以我就特别喜欢《白毛女》。"

1946年10月，中央战略转移，暂时撤离张家口。部分戏曲演员加入八路军的剧团，随军撤离。郭兰英回忆说："我们要往出撤退，因为国民党要进去。等从张家口撤退的时候，我就参加了革命。"

当时郭兰英在同德戏院演山西梆子，经理、班主都是赵步桥。郭兰英不想演晋剧了，但赵步桥坚决不肯让郭兰英离开。郭兰英已经被《白毛女》所召唤，心再也无法留在戏班了。每天演旧戏，咿咿呀呀的，她一点都不喜欢了。她坚决不演旧戏，不演才子佳人，她要演新戏，演喜儿那样的角色。

非常昂贵的整套行头，演出穿的衣服，银子做的头面面饰，这些郭兰英说不要就不要了。

母亲刘福荣也不同意女儿的决定，她说："你去干什么？你是唱旧戏的，人家是演现代戏的。还有，你说话完全是山西味儿，人家能听懂吗？"

郭兰英说:"我慢慢儿就改了呗。"

母亲又说:"在革命队伍里,每天得行军走路,你哪儿成啊?我呢,就更不行了。怎么办呢?"

不管母亲怎么劝说,郭兰英全然不听。她回忆说:"反正我这个人就是这样,我要是认准了,谁再说什么我也不会听。没有办法,母亲只好跟着我,一块儿参加了革命。"

学 习 文 化

郭兰英参加了华北联合大学文工团。她参加革命了,到了老解放区,但她连自己的名字都不会写,因为她没有上过一天学。进入革命队伍,要登记,写简历,郭兰英都不会。

于是,郭兰英学习文化,就从学写自己的名字开始。郭兰英回忆说:"领导派了4个先生教我。一个是教文化的,一个是教识谱的,一个是讲革命道理的,还有一个是排练新演剧目的。我就这样在革命队伍里学文化,学表演,大课、小课、个别课,跟着队伍一块儿上。"

从16岁到18岁,郭兰英全心全意学习文化知识。

"喜儿开门!"这是《白毛女》中杨白劳的一句台词,但到了郭兰英嘴里,立刻成了:"喜儿开蒙!"伙伴见了她,专门打趣:"喜儿开蒙!"

学台词,文工团的伙伴笑话郭兰英前后鼻音不分。郭兰英意识到了,就努力改正。学戏,她本身有非常好的语言天赋。但一个字一个字改口音,并不是容易的事情。郭兰英回忆说:"可吃了苦了,人家都瞧不起。一开始参加革命,大伙都笑话我说话。我说的话杂得很,又有平遥话,又有汾阳话,又有太原话,还有张家口话。最后就统一,统一到普通话。"

70多年的艺术实践，郭兰英的歌声最具魅力的地方是"味儿"。"味儿"是哪里来的？学者钱茸从语言学的角度，阶段性或者说历史性地破译了"郭兰英魅力密码"。钱茸说，长年浸淫于山西戏曲环境，郭兰英的嗓子有了某种"基因记忆"，从而形成了发什么音"最舒服"的感觉。她的喉舌形成了对"味儿"的潜在判断力，这种判断可能比她的大脑更准确。所以，即使她本人愿意学习某种新东西，或者去模仿另外一种声音，但是，这些声音从她的嗓子里出来的时候，她的喉舌将其进行了一次过滤，依旧会回到"郭兰英的味儿"上去。这显然不是说郭兰英没有学习能力，而是她具有一种超能力：把天下味儿，变成"我的味儿"。钱茸在文章中说："郭兰英是一位极有人气的歌唱艺术家，网上有人称她为'不可超越的郭兰英'，意思是，她的歌唱，有一种让人无法模仿的魅力。听众全然接纳了这种不用纯正普通话的郭兰英风格。"后来有人试图用美声或学院派民族唱法演唱《我的祖国》，听众反映都不及郭兰英的版本，大家只认郭兰英的"那个味儿"。

郭兰英在"戏"与"歌"之间找到的"味觉"平衡点，她的"味儿"已成为经典中的经典。

（摘自《读者》2019年第8期）

最大限度地逼近真实

毕淑敏

朋友给我讲过这样一个故事。

他祖父小的时候,学业有成,正欲大展宏图,曾祖将他叫了去,拿出一个古匣,对他说:"孩子,我有一件心事,恐终生无法了却。因为我得到它们的时候,一生的日子已经过了一半,剩下的时间,不够我把它做完。做学问,就要从年轻的时候着手。"

原委是这样的。早年间,江南有一家富豪,他家有两册古时传下来的医书,集无数医家心血之大成,为杏林一绝。富豪将其视若珍宝,秘不示人。后来,富豪出门遇险,一位壮士从强盗手里救了他的性命,富豪感恩不尽,欲以斗载的金银相谢。壮士说:"财宝再多,也是有价的。我救了你,你的命无价。我想用你的医书,救天下人的性命。"富豪想了半天,说:"我可以将医书借给你三天,但是三日后的正午,你得完璧归赵。"

壮士得了书后，快马加鞭赶回家，请来乡下的诸位学子，连夜赶抄医书。荧荧灯火下，抄书人奋笔疾书，总算在规定时间之内，依样画葫芦地抄了下来。谁知，抄好的医书拿给医家一看，竟是不能用的。这些在匆忙之中由外行人抄下的医方，讹脱衍倒之处甚多，且错得离奇，漏得古怪，寻不出规律，谁敢用它们在病人身上做试验呢？

这两册抄录的医书，虽同鸡肋，但还是一代代留传了下来。书的纸张泛黄变脆了，布面断裂了，后人就又精心地誊抄一遍。因为字句文理不通，每一个抄写的人都依照自己的理解，将它们订正改动一番，改得愈加面目全非，几成天书。

曾祖的话说到这里，目光炯炯地看着祖父。

祖父问："您手里拿的就是这两册书吗？"

曾祖说："正是。我希望你能穷毕生的精力，让它们'死而复生'。你这一辈子，是无法同时改正两本书的。现在，你就从中挑一本吧。留下的那本，只有留待我们的后代子孙，来辨析正误了。"

祖父随手点了上面的那一部书。他知道从这一刻起，这一个动作，就把自己的一生，同一方未知的领域、一项事业、一种缘分，紧紧地联系在一起了。

祖父殚精竭虑，用了整整半个世纪的时间，将甲书所有的错漏之处更正一新。册页上临摹不清的药材图谱，他亲自到深山老林一一核查；无法判定成分正误的方剂，他以身试药；为了一句不知出处的引言，他查阅无数典籍……凡是书中涉及的知识，祖父都用全部心血一一验证，直至确凿无疑。祖父一生围绕着这册古医书转，从翩翩少年变成鬓发如雪的老人。到了祖父垂垂老矣的时候，他终于将那册古书中的几百处谬误全部订正。

人们欢呼雀跃，毕竟从此这本伟大的济世医书，可以造福无数百姓了。

但众人的敬佩之情只持续了极短的一段时间。远方发掘了一座古墓，里面埋藏了许多保存完好的古简，其中正有甲书的原件。人们迫不及待地将祖父校勘过的甲书和原件相比较，结果，祖父校勘过的甲书，同古简完全吻合。祖父用毕生的精力，创造了一个奇迹。

但这个奇迹，又在瞬忽之间变得毫无价值。古书已经出土，正本清源，祖父的一切努力，都化为劳而无功的泡沫。人们只记得古书，没有人再忆起祖父和他苦苦寻觅的一生。

"古墓里有乙书的原件吗？"我问。

"没有。"朋友答。

我深深地叹息说："如果你的祖父当初挑选了乙书，结果就完全不一样了啊。"

朋友说："我在祖父最后的时光，也问过他这个问题。祖父说，对他来讲，甲书和乙书是一样的。他用一生的时间，说明了一个道理，人只要全力以赴地钻研某个问题，就有可能最大限度地逼近它的真实。"

（摘自《读者》2021年第7期）

人生当为何事来

孙忠法

2020年9月5日,阿里地区人民医院抢救室内外气氛凝重。在第三次全国农作物种质资源普查出差途中,西藏自治区农牧科学院党组副书记、院长,国家青稞育种创新团队首席专家尼玛扎西不幸遭遇车祸,被送来抢救。

但这个被人们牵挂的人,还是因伤势过重停止了心跳。一粒生命的种子,从此深埋大地,化作永恒。

"家国天下在他心里是可以触摸到的东西"

尼玛扎西的一生,是与种子铸融在一起的。

1966年,尼玛扎西出生在西藏扎囊县扎塘镇杂玉村一个普通农民家庭。当地土地贫瘠，加上种质不好，每年到了青稞收割的季节，收获的青稞穗粒都是空瘪瘪的，亩产只有150斤左右。缺少口粮，家人只能靠制作陶罐，到邻近的县换粮食。

这是尼玛扎西一生挥之不去的记忆："我小时候经常想，什么样的青稞才能籽粒饱满、年年丰收？怎么才能种好青稞？"青稞高产，成为尼玛扎西的梦想。带着这个梦想，他上学后刻苦学习，1983年，成功考入西北农学院农学系；1995年考取中科院地理所研究生，硕博连读，成为西藏首位藏族农学博士，从此，他一头扎进青稞的世界，干了一辈子。

西藏，世界屋脊，高寒缺氧，气候恶劣。在这里，播下种子容易，长出一片春天很难。尼玛扎西不是没有机会离开这里。

1992年，尼玛扎西以优异成绩获得前往加拿大萨斯喀彻温大学进修深造一年的机会。进修期间，尼玛扎西表现出色，有人建议他申请移民，并表示可以顺利获批。尼玛扎西拒绝了。他说："国家、单位给我提供了学习的机会，我应该回去报效祖国。"进修快结束时，导师希望他能留下来攻读硕士研究生。正在这时，单位领导来信希望他学成回国，"西藏正急需人才"。见到信的那刻，尼玛扎西毅然放弃了读研的机会，学习结束后立即回到了西藏农科院，投身艰辛的高原农业和青稞育种研究。

1997年，尼玛扎西在职攻读研究生期间，总部位于尼泊尔的国际山地综合发展中心为他提供了项目合作和科研的岗位，薪酬几乎是农科院的10倍。学业结束，成绩斐然的尼玛扎西被山地中心挽留。这时，农科院时任党委书记洛桑旦达打来电话，"现在西藏缺乏高端农业科技人才，我特别希望你回来"。尼玛扎西当即表态："我愿意回去。"他在同事们诧异的目光中，回到了西藏。

如果仅仅是为了一个饭碗，尼玛扎西的世界很大很大。让他最终坚持回到西藏、扎根西藏的，是他那团为民造福的坚实梦想。

"你后不后悔？"这些年，时常有人这样问尼玛扎西，他总是摇摇头，说："是党的政策让我从放羊娃成长为农学博士，学了这个专业，就要为百姓去做点事！"这个藏族汉子的话，句句都是从心窝里淌出来的。

尼玛扎西担任西藏自治区农牧科学院院长后，工作越来越忙，他跟同事唐亚伟说，想辞掉院长的职务。

"为什么？"唐亚伟非常不解。

"这样就能和你们一起踏踏实实去做青稞育种了！"尼玛扎西说，"过去农科院缺人，我不得已搞起了管理。现在，人才多了，可以放手了"。

那一刻，唐亚伟触摸到了尼玛扎西心里炽热的家国天下情。促进西藏的青稞事业发展，成为尼玛扎西心中一道神圣的使命。既然他深爱着壮美的故乡，既然他牵挂着高原的乡亲们，那就前行吧！

"他是图钉中间凸起来的那个钉头"

青稞是藏族群众的主要粮食。在种植一段时间后，青稞种子都会不同程度地出现退化。让青稞持续增产，促进农民增收，必须做好品种的更新换代。

任何作物育种都是一场耗时漫长的鏖战，在西藏搞青稞育种尤其难。青稞在这里一年一熟，杂交出的品种，是成是败，一年只有一次机会，所以有可能一辈子也搞不出来。很多人望而却步。

尼玛扎西勇敢，他押上了余生年华。

说说新品种"藏青2000"的诞生吧。这是他从1993年开始着手选育的品种。在此之前，从1989年起，尼玛扎西就开始青稞育种研究，对西藏

1500多个农家品种进行详细观察，配制不同的杂交组合，打下了坚实的基础。

过程枯燥且繁复：制定育种目标、选择亲本、杂交、分离和稳定性状、品种观察试验、品种产量比较试验，再到品种区域试验、生产示范等。

终于，2006年的一天，在日喀则市白朗县青稞试验田，尼玛扎西发现了理想中的青稞品系："籽粒、颜色、株高都非常好。"后来，尼玛扎西以这株青稞苗为基础，反复试验，最终发展成为具有突破性的"藏青2000"。到2013年这一品种通过审定时，他和团队已奋战了20年之久。

"育种工作在于扎实的付出，同时又有偶然性，这也正是科研的魅力所在。"尼玛扎西有自己的科研辩证法。他认为，蒙一下，碰个运气出成果的概率是很低的。只有在试验地里踏出一条路来，才能鉴定出真正需要的品种。

一个人能有多少个20年？更何况，尼玛扎西是承压最大的那个人。

"如果说农科院是个图钉，他就是图钉中间凸起来的那个钉头。"西藏自治区农牧科学院农业所所长杨勇说，"由于以前院里资金不足、人才缺乏等，周围人和他的差距大，跟不上节奏，担子都压在尼玛扎西身上。他只有一个人拼命往前冲，他累啊！"

这个顶在前沿的"领头羊"，倾尽了所有能量。

尼玛扎西的办公室，灯光经常亮到深夜。作为西藏自治区农牧科学院院长，包括青稞育种在内，西藏农业缺什么，尼玛扎西就想做什么。他事无巨细地操心各项科研项目申报，长期的付出让他的身体严重透支。

"尼玛扎西是西藏科技界的精神和标杆。"西藏自治区科技厅厅长赤列旺杰这样评价他。尼玛扎西继承了老西藏精神，在艰苦的条件下，站在前人的肩膀上，将西藏的农牧科技推向更高、更远。

30多年来，尼玛扎西率团队选育出了适用于青藏高原不同生态区的16个青稞新品种（系）。其中，具有划时代意义的"藏青2000"，目前占全区青稞种植面积的70%以上，产生经济效益27.36亿元，成功推动西藏青稞亩产从1985年的400斤提高到700多斤，彻底解决了西藏群众的吃饭问题。

与此同时，他的团队还绘制出了全球首个青稞全基因组精细图谱，明确了耐低氧、抗寒和抗旱等360个高原综合适应性的特异基因。全院围绕青稞全产业链，研发出青稞米、青稞红曲酒、青稞曲奇饼干等特色产品。西藏农业科技创新大踏步迈向国内领先行列。

"几处青稞熟，深忧白雨伤"。如果高原上的青稞可以动情，它们将为尼玛扎西洒下如诗如歌的泪水，以示对这位科学家的敬仰，他用30多年虽九死犹不悔的赤心，换来了千山之巅家家户户仓廪充实。

"对'三农'的爱，是从他心里流淌出来的"

尼玛扎西有两个"喜好"：一是喜欢干净，每逢外出开学术会议，尼玛扎西到酒店后，第一件事是找熨斗，把衣服熨得平平整整。他说，穿着干净得体是对别人的尊敬。另一个是，喜欢下乡，经常弄得满身是泥。

这个交织在一起的矛盾，映着他金子般的品质。

西藏有温润的河谷，有寒冷的高山，地域和气候差异大，对青稞的种植要求也不一样。尼玛扎西经常说，有了好种子，百姓掌握了新技术，真正种上、种好，才能增产富起来。为此，他非常重视推广工作。

下乡的路，他一走就是很多年，不畏艰辛路远，不畏风雪严寒。

2013年，为了推广"藏青2000"，尼玛扎西跑遍了西藏28个粮食主产县进行技术指导。日喀则白朗县嘎东镇白雪村的一些农民试种了"藏青

2000"。可到了当年5月，眼看着其他品种青稞田已出苗，新种仍无出苗迹象。农户们急了，纷纷聚集到镇政府前讨说法。

尼玛扎西当时在拉萨，一听到情况，立即驱车5个小时抵达村里。为了说服大家，他用手刨开土地，让农民看已经发了芽的种子，刨到手指脱皮。晚上，尼玛扎西又给农民开会，解释出苗晚的缘由——为预防病虫害，用药物对种子进行了包衣，导致出苗晚，但茎秆抗倒伏能力强。他说："若一个星期后青稞还没出苗，今年大家的损失我来负责！"果然，不到一周，青稞苗整整齐齐长了出来。

据统计，尼玛扎西每年下乡100余天，行程2万多公里。

说起下乡，西藏自治区农科院的每个人都有一肚子话。尼玛扎西有几句话，反复讲，大家都耳熟能详了："做'三农'工作，要把农民当自己的亲人，把农民的土地当自己的土地；要舍小家，顾大家，要蹲下去，俯下身子；要把复杂的技术简单化，让农民一听就懂，一用就灵。"他们说，尼玛扎西对"三农"的热爱，不是嘴巴里说出来的，是从心里流淌出来的。

"有时出差，到机场看时间还早，他就去机场周边的田地里转，看该怎么管理了，有什么问题了，当场作出安排。"

因为和群众走得近，群众有困难也总喜欢找他。这个正厅级院长的办公室里，经常被藏族群众挤得满满当当。对于群众提出的种子、肥料等需求，他几乎有求必应。

工作人员却很有压力。"群众要种子，我们可以放在推广项目里来安排，花经费不要紧，但如果有风险，我们怎么办？"唐亚伟曾提出过这样的问题。

但尼玛扎西却毫不在意。他说，只要我们为了老百姓，我们不用害怕承担风险，我们所做的一切，群众都会看在眼里的。

真心换得真心。凡是见过尼玛扎西的农民，都对尼玛扎西由衷地尊重。日喀则市白朗县农民次仁贡觉说，大伙尊重尼玛扎西不因他职务高，也不是看重他"青稞博士"的技术，而是他特别真诚，和农民之间没有距离感。

清澈的江河、高耸的雪山、明镜般的湖水……生活在这片土地上，尼玛扎西是幸福的，他的幸福来自于千家万户的温暖烟火，来自百姓的殷殷相寄、由衷认可。他在雪域高原上树立起了一座为民的丰碑，令人仰之弥高。

他是一束光，照亮大家前行的路

西藏缺人才，西藏难留住人才。尼玛扎西爱才，爱到骨子里。

2005年夏天，拉萨市堆龙德庆区羊达乡的达瓦顿珠考上了南京农业大学遗传学专业的研究生，为学费发愁。他慕名向尼玛扎西写了一封邮件求助。没想到，一周后的深夜，他收到了尼玛扎西的回信："不要放弃，你的学费我们来出，我们正在组建实验室，正需要这种人才。"

2009年5月，达瓦顿珠快毕业时，才第一次见到尼玛扎西。尼玛扎西主动操心起他的工作问题，带着他辗转于自治区各部门，极力引荐，成功将其引荐到西藏自治区农牧科学院工作。这时，达瓦顿珠才知道，他上大学所有的学费都是尼玛扎西私人资助的。

两年前，来自武汉华中农业大学的援藏博士服务团成员刘秀群来到西藏自治区农牧科学院，尼玛扎西让他担任院长助理，鼓励他放手去做。刘秀群对尼玛扎西竭力留人才深有体会，曾经有一次，西藏自治区召开高层次人才引进五年规划会议，现场有很多专家，有的专家只说了一两句，但尼玛扎西密密麻麻写了4页纸的建议。受尼玛扎西的影响，刘秀群在援藏一年工作结束后，主动提出再次援藏一年。

农业所研究员曾兴权也是被尼玛扎西留下的人才。"我是四川人，博士毕业后也有在一线城市工作的机会，但是我被院长打动了。"曾兴权说。当时，尼玛扎西没有给他待遇的承诺，只是真诚地说了一句话："到这儿来吧，未来10年的青稞发展方向由你作主。"曾兴权是个直脾气，经常在科研中与尼玛扎西进行争论。尼玛扎西非常欣赏这种较真的态度。"这种争论，有时候是我进步，有时是小曾进步，你们要学习小曾。"他多次语重心长地跟年轻人说。

如果没有对党的事业的赤诚，怎么能有这样求才若渴的姿态？如果没有崇高的人格，怎么能有这样的胸怀？

"他就是一束光，照亮了大家前行的路。"曾兴权说。尼玛扎西以非凡的人格魅力，吸引了一大批分子生物学和遗传育种研究领域的优秀人才从各地来到西藏，仅青稞育种、高产栽培、示范推广与精深产品研发团队，就从原先的不足10人，壮大到现在的40多人。在他的言传身教下，一批又一批青年科研工作者，把足迹留在西藏的田间地头。

斯人已逝，魅力永存。尼玛扎西虽然走了，但山川河流永远留下了他的足迹，青稞领域永远留下了他的身影，党和人民心中永远留下了他的位置。

（摘自《读者·庆祝中国共产党成立100周年特刊》）

利坯师傅老葛

明前茶

"小时候，家中还没有洗衣机，洗了粗重的床单被罩，母亲会喊孩子们去帮忙绞拧。但她不许我沾手，因为我要学利坯。"

三十年前，老葛还是小葛的时候，就深受管束。父母不让他掰手腕玩，不让他帮家里割稻子、扬谷子、捣年糕，不让他做任何有可能扭到手腕，或造成手部震颤的活计，原因就是"你师父说的，孩子的手腕要是不小心吃了力，利坯这一行就不能做了"。

利坯，是制作薄胎瓷的重要一环。以一只敞口薄胎白瓷碗为例，拉坯师傅做好器型以后，碗还是混沌初开的模样，厚墩墩的，憨态可掬，碗口、碗腰、碗底处有少许蓄泥，拿在手上有点压手。而利坯就是把这坯体尽可能地削薄，只留下薄薄一层胎骨。一只一百克的碗，利坯后只剩不到二十克。

在利坯的过程中，器型的风骨开始呈现。清冷孤傲的气韵，并非上品，极品薄胎瓷看上去有一种很柔和的暖，"微微冒汗"。这种毫不孤冷的视觉效果，完全由利坯师傅所赋予的弧线来体现。

利坯的第一步是磨刀，小葛上到小学六年级，就开始学习磨刀。光这一步就学了两年。利坯用的刀，其实都是用细长的钢条再次淬火，经锻打锉磨而成。这是每一名利坯师傅安身立命的吃饭家伙。师父不会把他用熟了的刀给你，因为你使不惯——每个人的手形不一样，利坯的速度不一样，"咬刀"的习惯也不一样。老葛跟我解释说，瓷器的造型和弧线千变万化，所以刀刃的弧度必须跟随器型变化。坯体修得越薄，刀刃越要与泥坯的弧线咬合得严丝合缝，不然，"哧"的一声，你精修了两个钟头的坯体，一秒钟就被修废了。

三十年光阴倏忽而过，小葛变成老葛，跟随他的利坯刀，从二三十把，变成一百多把，板刀、条刀、挽刀、底足刀、外形刀、蝴蝶刀，这些刀就像他的兵器，每天都要在手中掂量磨砺。老葛在他的工匠生涯中，养成一个习惯：每天都要磨刀，一磨就是一下午。从他吃完午饭开始磨刀，家人就知道，无事不可扰乱他的心神。这三十年，老葛成长为顶尖的利坯师傅，靠的就是高度的自律：他从不喝酒，因为酒精容易使手腕震颤；他不看情节粗暴的影视剧，怕自己沉溺分神；他也从不在白天工作，因为利坯时需要绝对的心神宁静。

下午把刀磨好，前半夜老葛都在喝茶、读经，看他从西安碑林带回来的碑帖拓片。他并不练习书法，他只是看，捕捉那笔锋的走势、水墨的速度、连笔的弧度。他细细观瞧，就算在酷暑天，身上也凉凉的，没有一滴汗。这样，到了后半夜，他利坯的心气就养成了——身体微倾，耳朵紧贴在钢条刀具的另一端，靠听走刀的声音判断胎体的厚薄。此时万籁俱静、灯火渐暗，条刀擦过泥胎，卷起飞扬的细浪，瓷泥特有的涩味钻入鼻孔。老葛已经锻炼出这样的本领——无须盯着泥胎反复打量，只要耳听手摸，就能判断胎体的厚薄。听一下刀在泥胎上走的声音，如果是"噗"，说明胎体尚厚；如果是"嘶"，说明开始走薄了；越往后，声音变化越是在毫微之间。

景德镇的薄胎瓷源于宋代影青瓷，那时，这种瓷器就有"滋润透影，薄轻灵巧"之说。

明代万历年间，陶瓷大师吴十九创制了一款"卵幕杯"，"薄如鹅卵之幕，莹白可爱"——吴大师能将茶杯的厚度，加工到犹如鹅蛋壳里面的那层卵衣一样薄。这种脆弱又坚韧的美，靠的就是利坯师傅的功夫。

午夜，老葛的左手一直小心翼翼地托举着泥胎，犹如托举一个脆弱的婴儿。他在这四个小时中不喝水，不看手机，不上厕所，不交谈。他只是沉浸在自己的节奏和旋律里，如此忘我，直到一气呵成。

利坯成功的喜悦是怎样的？老葛说，如同十二岁那年的春天，在油菜花田里伸出手去，一只蝴蝶停在他的手背上。他失去了欢呼雀跃的本能，只是感受那痒酥酥的幸福。

（摘自《读者》2019年第12期）

幸福而丰富的一生

连 岳

"英雄留步！"

连太从书房一跃而出，我被迫与她比画几招，才得以放行。

这几天，我们在重读金庸先生的《射雕英雄传》，家里就有了这些疯疯癫癫的场景，宛若回到少年时光。

这次重读，有一部分也是沾了工作的光。《射雕英雄传》我固然喜欢，但是事情很多，花大块时间重温，还是太奢侈。

我小妹妹的大儿子，曾经悄悄网购了咏春拳、截拳道的拳谱。这让我想起小时候偷偷练武的自己，他是时候看一看《射雕英雄传》了。于是，我索性也乘机再读一遍。

我一直觉得《射雕英雄传》其实是一本学习之书。主人公郭靖是个天资鲁钝的笨孩子，这在武侠类小说中，可能是唯一的。他的启蒙老师又是脾气很差的江南七怪，动辄打骂他。用现在的话来说，他是有童年阴影的。但郭靖就是凭执着，慢慢练，一点点进步，终成侠之大者，为国为民。

用洪七公的话来说，笨不要紧，心地好就行。心地好，这世上的资源就会向你汇集，就像郭靖一路得到大师的指点提携一样。

天下总是笨孩子多，但只要他们像郭靖一样成长，人生一定不会差，他们甚至会改变世界。就像金庸先生说的，他希望读者在快乐阅读的同时，想象自己是个好人，要努力做各种各样的好事，想象自己要爱国家、爱社会、帮助别人得到幸福，由于做了好事、作出积极的贡献，得到所爱之人的欣赏与倾心。《射雕英雄传》完美地传递了这个观念。

一部小说令人着迷，又能为读者塑造好的观念，它就是伟大的作品。也正因为如此，我从小判断文学作品的价值，就没有帮派之见，也更不容易屈从权威与主流。谁给读者带来价值，谁就是好作家。在我的心目中，金庸先生就是最伟大的作家。原来武侠小说被视为洪水猛兽时，我视《射雕英雄传》为伟大作品，几十年过去了，它入选《教育部基础教育课程教材发展中心中小学生阅读指导目录》，我为教育的与时俱进感到开心。当然，我仍然视《射雕英雄传》为伟大作品。

这次重读《射雕英雄传》，我反而读得慢，不像少年时，通宵达旦，两天就看完。我更多是在体味金庸的文字之美。他的词汇量无边无际，动词的使用精确细致，用典出神入化，但读起来又是口语，多是短句子，节奏明快，如水银泻地。小时候不知道这是写作教科书，半生过去才明白，心里更是佩服。

金庸先生一生很努力，虽然极聪明，却像郭靖一样下笨功夫。他曾说："我每日读书至少四五个小时，从不间断，在报社退休后连续在中外大学中努力进修。"

可能，幸福而丰富的一生，就是六个字：笨功夫，好心地。

（摘自《读者》2021年第2期）

彭士禄：90 载"深潜"人生

李璐璐

"我的心愿就是，希望我们的祖国更加强大。"须发皆白的彭士禄对着镜头说了这么一句话。这位96岁的老人是中国第一代核潜艇的首任总设计师，见证了中国轰轰烈烈的发展。为国贡献了大半生，看到中国今天的成就，九旬老人很是欣慰。

颠沛流离的烈士遗孤

彭士禄的童年，在颠沛流离中度过。他的父亲、革命先烈彭湃牺牲时，他只有4岁。彭士禄说，那时印象最深的一件事是在一个下着瓢泼大雨的漆黑夜晚，奶妈背着他不停地跑，他吓得哇哇大哭，奶妈跟他说："你别哭，别出声。"后来他才知道，那一天，彭湃领导创建的海陆丰苏维埃政权遭到重创，敌人到处疯狂搜捕、屠杀，扬言要把彭家人斩草除根。年幼的彭士禄慢慢明白，活下去，就是自己的目标。

此后，彭士禄开始了隐姓埋名的逃难生活。为躲避国民党反动派的追捕，他被带到潮安，在革命群众家里辗转寄养。彭士禄的女儿彭洁回忆说："我父亲说他记得有一天，来了两位叔叔接他去瑞金，途中遇到国民党反动派的盘查，这两位叔叔就被抓走了。7天之后，他们在广东的梅县被杀害。后来父亲才知道，这两位叔叔是东江特委的负责人。为了保护烈士遗孤，两位优秀的共产党人献出了他们宝贵的生命。我父亲常常感慨党和人民对他的关爱。"

回忆自己的童年时，彭士禄说："我是吃百家饭、穿百家衣长大的，老百姓对我比对自己的亲儿女还要亲。我有20多个'爸''妈'，他们都是贫苦善良的农民，平时他们吃不饱，我吃得饱；逢年过节难得有点肉，我吃肉，他们啃骨头。我曾经在潘舜贞姑妈家里住了很长一段时间，她的儿子是红军游击队队长，她家就是地下交通站。当时，全村老百姓的生活条件都很艰苦，自己的子女都上不起学，可乡亲们还是一起凑钱把我送进了学堂。我还有个渔夫爸爸，时常用打来的鱼给我换潮州柑吃……"在东躲西藏中，1933年，由于叛徒出卖，彭士禄不幸被敌人抓获，年仅8岁的他被关进了监狱，直到1935年才出狱。然而，一年之后，他再次入狱。两次牢狱之灾让彭士禄吃尽了苦头，但狱友都尽力照顾幼小的他。后来经过多方积极营救，彭士禄终于出狱，被祖母带去澳门，后来又去了香港。

在香港，彭士禄渐渐了解了自己的身世，萌生了参加革命的念头。1939年夏天，彭士禄离开香港，到惠州的平山参加了东江纵队，直到后来被中共地下党组织找到，才被送往延安。途经重庆时，彭士禄见到了周恩来和邓颖超。周恩来亲切地抚摸着他的头说："孩子，终于找到你了。"

难忘的延安岁月

1940年年底，彭士禄被护送至延安，进入青年干部学校少年班，后又进入延安大学中学部学习。

1942年春天，延安大学和中学部需要调派一批学员到延安中央医院当护士，彭士禄立刻报了名。中央医院建在一个窑洞里，设施非常简陋，彭士禄和其他医护人员每天给伤员换药、清理伤口、洗衣做饭，由于干活勤快积极，他被评为模范护士。然而，这时他突然病倒了，被诊断为肺结核。"当时药品匮乏，肺结核被视为不治之症，但我父亲一点都不怕，医生叮嘱他要卧床休息，可他照样游泳、爬山，没想到两个月后，他的病就好了。"彭洁说。

重新回到学校读书的彭士禄担任了第四学习小组组长。他在带领同学们学习毛泽东《在延安文艺座谈会上的讲话》时说："我们的父母经过残酷的斗争，有的流血牺牲了，才换来这个学校，要是不好好学习，怎么对得起自己的父母，对得起党？"他的话打动了大家，很多人掉下了眼泪。于是，第四小组的同学在他的带领下互帮互助，一起学习进步，很快就成为全校的学习模范小组。

那时候，除了学习，大家还要干活，不仅人人要种地，还要纺线织袜子、织衣服、弹棉花，甚至做牙刷。彭士禄总是一马当先带头干活。有一次挖井时，眼看天要下雨了，他却把衣服一脱就跳下井，麻利地挖了起来。学校开展文艺联欢活动，彭士禄用马尾巴做了一把琴进行演奏。很快，他和第四小组的先进事迹登上了延安的《解放日报》。1945年8月1日，作为模范护士和模范学生的彭士禄，光荣地加入了中国共产党，并被破例免去了预备期。

延安的生活给彭士禄留下了深刻的印记，影响了他的一生。他时常说："延安圣地培育了我自力更生、艰苦拼搏、直率坦诚的习性。"

我这一辈子只做了两件事

抗战胜利后，彭士禄分别进入哈尔滨工业大学和大连工学院学习。1951年，他通过考试并以优异的成绩赴苏联留学，先后在喀山化工学院化工机械系和莫斯科化工机械学院学习。在这期间，彭士禄结识了留苏的中国学生马淑英，二人在异国他乡相知相恋，后来结为了夫妻。

20世纪50年代，国际核武器迅猛发展。1954年，美国核潜艇试验成功，苏联等国也先后拥有了核潜艇。在这样的背景下，中国急需核动力研发人才。1956年，彭士禄以全优的成绩获得莫斯科化工机械学院"优秀化工机械工程师"的称号。时值陈赓访苏，准备挑选部分学生攻读核动力专业，成绩优异的彭士禄被选中。于是，他又在莫斯科动力学院进修了两年核动力专业，回国后被分配到北京原子能研究所工作。

1958年年底，中国开始了核潜艇的研制。然而，苏联以技术复杂、中国不具备条件为由，拒绝提供援助。毛泽东主席批示："核潜艇，一万年也要搞出来。"彭士禄和同事们深受鼓舞，迅速投身到核潜艇研制中。可是，由于当时技术和资金的缺乏，核潜艇工程不得不暂时下马。1964年，中国第一颗原子弹爆炸成功。第二年，周恩来总理召开中央专委会，决定核潜艇工程重新上马。消息传来，时任潜艇核动力研究所副总工程师的彭士禄激动万分，他着手主持核动力装置的论证、设计、试验以及运行的全过程，再次带领团队投入核潜艇的研发中。

当时的中国一穷二白，缺乏核潜艇资料，科研人员又大多只会俄语，看不懂英语，彭士禄就组织大家学习英语，一边学习一边看英文资料，参考国外核电站的理论研究、方案设计以及核动力装置等基本情况，以最快的速度完成陆上模式堆方案。1965年，中央专委和中央军委批准了陆上模式堆的建造方案、地点和协作关系，决定建设核潜艇陆上模式堆基地。彭士禄、赵仁恺、符德瑢被任命为基地副总工程师，彭士禄为技术总负责人。1968年7月18日，毛主席签署命令，要求成都军区派一名师级干部和一个工兵营进驻基地，加强基地领导和模式堆建设。

不久后，八千军民从祖国的四面八方来到西南大山深处，开始了轰轰烈烈的陆上模式堆建设。核潜艇研发期间，为了建立反应堆物理计算公式，在只有极少量的计算机、手摇计算器和计算尺的条件下，彭士禄等科研人员夜以继日地计算了十几万个数据。他基本上吃住都在实验室，很少回家，也就是在这期间，他落下了严重的胃病。

陆上模式堆满功率运行试验成功后，彭士禄立即带着数十名科研人员奔赴核潜艇造船厂，进行核动力装置的安装、调试。1970年12月26日，我国第一艘核潜艇下水。第二年，我国第一艘核潜艇首次驶向试验海区，进行航行试验。彭士禄亲自跟随核潜艇下海。1974年，我国第一艘核潜艇加入海军战斗序列，中央军委发布命令，将其命名为"长征一号"，并授予军旗，中国成为继美、苏、英、法之后第五个拥有核潜艇的国家。"长征一号"核潜艇正式交付海军服役后，彭士禄前往葫芦岛核潜艇制造厂进行后续的安装调试工作。有一天，他感到胃疼难耐，被诊断为急性胃穿孔，这次生病，导致他的胃被切除了3/4。

在研制建造核潜艇的同时，彭士禄还推动了中国核电站的建设。20世纪80年代，彭士禄从军工转入民用领域，在担任大亚湾核电站筹建初期总指挥期间，他提出了大亚湾核电站的投资、进度、质量三大控制的重要性及具体措施，提出了核电站建设的时间价值观念，撰写了《关于广东核电站经济效益的汇报提纲》，计算了核电站的主参数及经济效益，为大亚湾核电站的建设打下了良好基础。

由于在中国核动力领域的卓越贡献，彭士禄当选中国工程院首批院士。晚年的彭士禄回忆往昔时说："我这一辈子只做了两件事，一是造核潜艇，二是建核电站。"

心中永远是姓"百家姓"

在彭洁的心中，对父亲的了解是随着自己的成长而增加的。"小时候很少见到父亲，我们原来住在北京化工学院，只有周末才能见到父亲，有时候他会带我们去公园游玩，后来为了支持父亲的工作，母亲把我们送到四川，就几乎见不到父母的面了。"

"您那时候知道父亲在干什么吗？"

"只知道他在忙工作，但不知道在忙什么。"彭洁说，"我们在四川住了两年，父母一直在一线工作，很少回家，我们平时全靠邻居照顾。有一次我生病了，浑身特别难受，当时家里只有我和哥哥，我就打电话给基地的职工医院。医院一个值班的阿姨接到电话，不一会儿就背着小药箱来到我家，给我打针吃药，还给我熬了粥。阿姨一连来了3天，直到我病好。在这期间，她一直都没有见过我的父母。"

随着年龄的增长，彭洁慢慢意识到，父母从事的不是一般的工作，而是很特殊的工作。长大后，她才知道父亲是干什么的。"我是既惊讶又自豪，原来我的父亲为这样一个伟大的工程做过这么多贡献。"子女以彭士禄为榜样，但彭士禄对子女怀愧在心。"有时说起我们小时候的事，父母都会掉眼泪，觉得亏欠了我们。"

彭士禄退休后，和家人相处的时间才多了起来。"慢慢地，我们做儿女的和父亲接触得多了，对他的了解也更深了。很多人问我，父亲在你心里是什么样的？我说，我觉得父亲在我心里像一本永远也读不完的书。他有时候说一句话、做一件事情都会对我产生深刻的影响。"

彭士禄在自述中说："坎坷的童年经历，磨炼了我不怕困难艰险的性格。几十位'母亲'给我的爱，培育了我热爱人民的本能。父母把家产无私分配给了农民，甚至不惜为人民失去生命，他们给了我要为人民、为祖国奉献一切的热血。延安岁月给了我坚定的革命信念……总之，我虽然姓'彭'，但心中永远是姓'百家姓'。"

（摘自《读者》2021年第8期）

一张捞纸帘，几许少年心事
明前茶

小朱至今记得自己学习编竹帘的起始：中考结束，他们这拨野马驹都兴奋得过了头，半月之内，小朱闯了两次祸。一次是削篾作剑，在竹林里玩侠客激战游戏时，竹剑不留神戳到小伙伴的眼角，小伙伴顿时血流满面，他差点把人家戳瞎；另一次是偷骑人家的摩托车，下坡时连人带车翻沟里去了，小朱倒没事，后座上的小伙伴小腿骨折。

两次事故，赔掉了父亲一整年做捞纸帘赚的钱。加上小朱中考成绩不理想，上不了高中，父亲整整一个礼拜，脸沉得像黄梅雨天的一大块生铁。小朱的心也足足绷了一个礼拜，最后，他听到父亲淡淡地说："跟我学手艺吧，如今泾县的宣纸有一半都出口到国外，捞纸帘不够用，我跟你妈忙不过来。"

惩戒来得如此之轻，小朱简直不敢相信自己的耳朵。不过，倔脾气的他还是犟了一句："我可不学织帘子，坐在织机前屁股一天都不能抬，闷都闷死人了。"

父亲呛他一句："你暂时还没资格上织机。你这毛躁性子得打磨，先抽竹丝，再学着在成品帘子上抹漆吧。"

朱家世代做捞纸帘，一幅细密的竹帘，四周钉上木框，就可以在纸浆池子里来回搅荡，让纸浆在竹帘上薄薄地附着。竹帘倒扣，轻轻掀起，一层湿纸便留了下来。捞纸帘的质量是否过硬，是手工宣纸是否匀、平、光的第一步。

跟着父亲学做捞纸帘，一开始，小朱只做一件事：父亲剖好竹丝，他把竹丝从铁板上一个直径不到2毫米的圆孔里穿过去，左手穿，右手拔，只听"刺啦"一声，一团竹绒就在铁板左侧浮现。穿过孔洞的竹丝，横截面就由方形变成圆形。这个工作虽然单调，却考验人的利落程度，如果抽拔的速度不够快，竹丝不是半截断掉，就是抽到一半便卡在孔洞里。抽拔竹丝的工作做了两天，小朱的手就开裂了，涂护手霜也不管用，那些升腾的竹绒，把手上的油脂都带走了。

不过，他好像不反感这项工作，空气里充盈着新鲜竹汁的味道，涤荡肺腑。父亲偷偷瞄看儿子，看着他将一小束抽拔成圆形的竹丝举起来，迎着阳光观瞧，脸上有微微的惊讶与得意，父亲就安心转过脸去织竹帘了。

抽拔竹丝，是为了让编好的竹帘紧密匀实。如果竹丝的横截面是方的，编织成的竹帘在捞纸过程中，竹丝的棱角就会翻滚，帘上留下的纸浆就有厚有薄。

竹丝从圆孔中穿过去，就像穿过自己曾经无穷无尽的少年时光，无穷无尽的白日幻想。动作熟练后，小朱居然经常想起他初三时喜欢过的一个女孩，她甩着高马尾，去上县一中了。小朱知道自己今生可能不会再与她有任何交集……糙小子心里，浮上了一点怅惘。这点怅惘像竹绒一样，"刺啦刺啦"地在他心头升起来，越聚越浓，赶也赶不走。

小朱知道，他必须在工匠之路上继续向前走，他将与大部分同龄人分道扬镳，他将留下来与老家的青山绿水发生永久的关联。他脸上的青春痘迅速消隐了，脸庞长开，眉宇间长出沉静之色。他学会了为捞纸帘上漆。漆是从树林里割来的土漆，用揉成团的丝绸在竹帘上抹匀。如果用棉布蘸漆来抹，会在竹帘上留下很多细小的棉花毛，很难处理。涂完漆之后，再用猪鬃刷子刷匀，摊晾在太阳下，等着漆面氧化成膜。

最后，小朱终于学会了编织捞纸帘。小朱跟父亲说，他亲手制成的第一张帘子不要卖，他要留个纪念。父亲只答了一个字："成。"

小朱卷起那张帘子，就出门去了。他去了女孩家。大门紧闭，透过大门的缝隙朝里望，里面荒草过腰，一棵巨大的柿子树已经开始落叶，显露出那一树娇艳甜蜜的果实，像小灯笼一样明亮。问过邻居，邻居说，自打女孩考上县一中，家里就把宣纸作坊转手给女孩的舅舅，全家搬到县城去了。

小朱推了推门，发现大门竟然虚掩着，他进去，惊飞了草丛里的宿鸟。他把捞纸帘挂在女孩家的门廊上，四下里静悄悄的，只有西风扫落柿叶的轻响，以及风势催动白云的轻响。天那么蓝，云那么浓，帘子筛下的光影那么齐整。一个少年的心事，在这里有了安静的交代。

那一刻，小朱知道，自己桀骜不驯的少年时光已经流过。

（摘自《读者》2021年第8期）

从一棵树到一片"海"

陈智卿

一棵松树究竟跟塞罕坝有何渊源

塞罕坝的百万亩林海非常壮观，要给大家介绍塞罕坝的故事，我还是想从一棵松树说起。如今从塞罕坝驱车，往东北方向行驶几十千米，进入红松洼自然保护区，大家就可以在一片低矮的樟子松旁边看到它。

它树干笔直，树杈茂密遒劲，在茫茫的沙地上傲立。对塞罕坝人来说，这棵松树，非常特殊，我们塞罕坝人称它为"功勋树"。

塞罕坝在河北的北部，它的具体位置，位于浑善达克沙地的南缘。浑善达克沙地，离北京的直线距离只有180千米，海拔是1400米，而北京的平均海拔只有40米，如果浑善达克沙地的沙源封堵不住，对于北京来说，就好比站在房顶上向自个儿的院子里扬沙子。

在塞罕坝这样高海拔、严寒且非常干旱的荒芜之地，能否造林成功？种什么样的树种可以成功？可以说，植树造林面临着非常大的技术难题。

1961年11月，林业部的专家刘琨同志，带领一批技术人员和专家，来到塞罕坝。11月应该是秋高气爽、色彩斑斓的季节，但是在塞罕坝，已经是寒风凛冽。他们在塞罕坝行走了3天，走到第三天的时候，突然惊喜地看见了那棵落叶松。当时刘琨同志含着眼泪，抚摸着那棵树说："这棵树至少也有150年了，它是历史的见证，也是活的标本。今天这里有一棵松树，明天我们就一定会种出亿万棵松树！"正是这棵松树的发现，坚定了我们塞罕坝人造出一片林海的信心和决心，塞罕坝也从此开始了翻天覆地的变化。

1962年4月，369名平均年龄不到24岁、来自全国18个省市的第一代创业者，聚集到条件非常艰苦的坝上地区，在高寒且黄沙遮天的荒原之地，拉开阵仗，开始了改变塞罕坝历史的人工造林活动。

当时的第一任领导班子，所有成员都把家从城市搬到坝上，和当时创业的职工一起生活、劳动。1964年4月，大伙儿开展了一场塞罕坝历史上的"大会战"。拉开了塞罕坝大规模造林的序幕，也奠定了今天的发展成就。

迎难而上，创造绿色奇迹

塞罕坝第一代务林人陈彦娴，为我们分享了当时的创业故事——

1964年，我还在承德二中读高三，党号召我们这一代青年人，要"一颗红心，两手准备"——要是考上大学了，就继续深造；如果考不上大学，就要听从党的分配，到祖国最需要的地方去。当时我们宿舍的6个好姐妹，决定放弃高考，到塞罕坝去。那年，我们是8月上的坝，一到坝上，小北风一刮，我们就冻得浑身打哆嗦、当时的气温，很多时候都是在零下40℃。我记得，我们当年住在一间茅草房里，睡在只铺了一层莜麦秸的土炕上，睡觉的时候要戴着棉帽子，穿着棉衣、棉裤，等第二天早上起来的时候，眉毛、帽子、被子上，都结着一层厚厚的霜，浑身都刺骨地疼。

我们到了坝上以后，被分到了千层板苗圃去育苗。一听育苗，我们当时就觉得这项工作可能很轻松。但其实不是我们想的那样。每一粒种子对当时的我们来说都非常宝贵，为了保证每一粒种子都成活，我们在陆地上先进行练习，拉着一个圆形的铁桶，铁桶里头装着沙子，我们一遍一遍地练。

我还记得有一年冬天，塞罕坝因为大雪已经封山，雪积了一米多深，但是为了保证第二年造林的成活率，我们要上山清理残木。等到了山上以后，风刮得我们根本站不稳，男同志只好跪在雪地里采伐那些残木，我们女同志就用大麻绳，把采伐下来的残木捆好，从山上拖到山下。我们当时都非常年轻，大家比着干，你拖得多，我比你拖得还多。往下拖的时候，汗水湿透了棉衣。当我们再次返回山上的时候，衣服就结成了"冰甲"，我们走起路来衣服都"哗哗"地响。

虽然条件艰苦，但大家还是很乐观，收工以后大家还经常唱唱歌、看看书，觉得生活在这样一片土地上其实是非常快乐的。作为第一代务林人，我们一生只做了一件事，那就是造林。我觉得我们这一生是值得的，这一生让我们感到骄傲！

在塞罕坝，老一代创业者这种令人感动的故事，比比皆是。

1977年10月，一场历史上罕见的雨凇灾害，突然袭击了塞罕坝这个

"弱不禁风"的地方。第一代造林人造下的57万亩人工林，其中的20万亩，一夜之间被压折、压断。一个晚上，一棵3米高的落叶松，挂冰量就达到了250千克，有的甚至超过1吨。

当时的创业者在屋里，听着树木嘎吱嘎吱被压断的声音痛心不已，为什么这么说？因为那些是他们亲手栽种的树木，他们看待那些树木就像看待自己的亲生孩子。但是他们没有被困难压倒，也没有向挫折屈服，他们一棵棵地清理着被压断的树木残枝，一锹一镐地重新整地，又一片一片地重新造林。塞罕坝人坚信，树倒了，可以扶起来；人倒了，可以站起来；只要理想信念不倒，就一定会战胜重重困难！凭着坚忍不拔的意志，塞罕坝人利用短短20年的时间，营造落叶松林96万亩，造林株数达到3.2亿株。在北京北部，一道坚实的生态屏障拔地而起，浑善达克沙地南侵的步伐戛然而止！

缘何扎根塞罕坝26年

正是老一代塞罕坝人这种敢于向困难挑战、不向困难低头的精神，一次次感动着我，也激励着我们一代代塞罕坝人奋力前行。我是1994年来到塞罕坝的，在林场最基层的一个营林区当库管员，直接就住在了离场部20多千米远的山上。那个仓库地下半截，上面半截，像我这个身高基本上就得低着头进去。晚上睡觉，要先把炕烧热，第二天头发上、衣服上，全是烟熏火燎的味道。和我住在一起的一位老同志是第一代塞罕坝人，他是一个护林员，每天要在辖区内巡山，几乎要走整整一天才能把自己的辖区走一遍。

当时看到我的情绪有些低落，他就告诉我："你现在的居住条件比我们当时的好多了,你不用为粮食犯愁了,也有柴火烧炕了。"我说:"这么艰苦的条件,为什么你们还这么乐观?"他说:"我们为什么不乐观呢?我们造的林子,通过我们积极的努力,从小到大长成材了,我们取得成果了,为什么不高兴?"每天他巡山的时候,我看着他坚定的背影,一步一步,日复一日,我真的一次次地被感动。

当时塞罕坝人的生活条件比起第一代务林人的条件有所改善,每家有个大炕,大炕连着锅台,人们可以一边做饭,一边把炕烧热,顺便取暖;到冬季,每家有一个菜窖,可以储存一些土豆、萝卜,冬天过冬用。因为我家在外地,这些淳朴善良的林场人,一到周末就把我叫到他们家里,把好吃的都拿出来让我吃。他们对我就像对自己的孩子一样,我几乎吃遍了林场职工每家每户的饭。他们现在见了我,也一直非常亲昵地称呼我"小陈"。正是这种积极、朴实的生活态度,这种不怕困难、不怕挑战的精神,一代代,一年年,激励着塞罕坝人。

当代塞罕坝人如何继承老一辈人的精神

林场的发展,也给当代塞罕坝人提出了新的挑战,我们林场人勇敢地向以前从未涉足的、沙化严重的、土壤贫瘠的石质阳坡进军。在这种地方造林,树苗无法用汽车运输,机械设备使不上,需要我们职工一棵棵地背上去。因为底下是岩石,树坑刨不出来,需要拿钢钎一锤锤砸下去,这样才能把底下的石头取出来,挖石换土。换什么土?山上没土,我们需要从山下找比较肥沃的土壤,再把这些土背到山上,填入挖好的坑里。就在这种情况下,我们利用这几年的时间造林10万亩,树木成活率达到了98%。一棵棵、一排排、一片片笔直的落叶松,像绿色卫士一样阻挡着风沙，守卫着这片绿色疆土。

从荒原变森林，从森林到绿水青山，今天塞罕坝的绿水青山又以博大的胸怀，反哺着这一方热土和一方人民。随着塞罕坝生态环境的改善，当地的旅游也热了起来，塞罕坝每年都吸引着接近60万人的游客，周边村民也因此富起来了。坝下有一个村民叫邢国林，以前只能靠种土豆谋生，或者出来打工，随着塞罕坝旅游业的发展，他办起了农家游，由原来的4间土坯房，到现在拥有24间房屋，年收入达到了20万元，塞罕坝周边区域的绿化苗木、交通运输、土特产产品加工等行业，都搭上了塞罕坝发展的绿色快车。每年塞罕坝为当地居民带来的社会综合收益能达到6亿元。

周边百姓的腰包鼓起来了，最重要的是，塞罕坝的发展使建设绿水青山、保护绿水青山的这种意识，深深地根植于当地百姓的心中。今天，驱车上塞罕坝的时候，你首先会收到一条短信，提醒你注意防火安全；到防火检查站，检查人员会给你发宣传单，同时要登记你的车牌号和手机号，给你宣讲防火知识；进入林区以后，你就可以看到周边的村民，每家每户都在种树，朴素的环保意识已经上升为自发的保护行为。每个村组都有护林防火队员，他们举着小红旗，上面写着"防火"，提示你不要抽烟，不要在野外用火，不要随意进入林区。

当地村民现在也切切实实地感受到，建设绿水青山，保护绿水青山，不是一个人的事情，不是一群人的事情，而是每个人的事情，只有这样，绿水青山才能得到永续发展。

如果大家问我：什么是塞罕坝精神？如何理解塞罕坝精神？我想明确地告诉大家：从塞罕坝的每棵树、每片林子、每个人身上都可以找到答案！

塞罕坝精神

从"一棵松"到"百万亩",从茫茫荒原到生态宝地,几代塞罕坝林场人伏冰卧雪、艰苦奋斗,在高寒沙地上书写了改天换地的绿色传奇,铸就了感人至深、催人奋进的塞罕坝精神。"草木植成,国之富也。"今天的塞罕坝,成为京津地区的生态屏障。郁郁葱葱的林海,成为职工改善生活、群众脱贫致富的"绿色银行"。

塞罕坝林场建设实践,深刻诠释了"绿水青山就是金山银山",揭示了"保护生态环境就是保护生产力、改善生态环境就是发展生产力",是习近平总书记关于加强生态文明建设的重要战略思想的生动体现。习近平总书记对河北塞罕坝林场建设者感人事迹作出重要指示,充分肯定塞罕坝林场建设者的先进事迹,号召弘扬牢记使命、艰苦创业、绿色发展的塞罕坝精神。

(摘自《读者·庆祝中国共产党成立100周年特刊》)

故园无此声

李斐然

1964年的傅聪

理解一个人需要漫长而忘我的付出，可是误解一个人往往只要一瞬间的念头。活着是最复杂的事，我们每个人的苦楚千头万绪，复杂难言。别忘了，他人也一样。

音乐的奴隶

钢琴家傅聪在音乐会开场前，有一个后台工作人员都知道的习惯——紧张。舞台上的灯光照向一架钢琴，整个音乐厅都安静下来，等他出场。这时的钢琴家却像孩子一样，在后台躲躲藏藏。他一直到80岁都是这样，上场之前总是畏惧，先是漫长的沉默，继而惊慌，突然爆发："不行了！不行了！弹不了！我弹不出来！"最后常常要经纪人拽着他的手，像哄小学生上学那样，把他从后台领出来，他才能登台。

傅聪谈起钢琴的时候，经常使用的词是神圣、宗教、信仰。他常常形容自己是音乐的奴隶，每一次上台都是"从容就义""抱着走钢索的心情上去，随时准备粉身碎骨"。他在音乐会前总是跟灯光师讨价还价：光还可以更暗一些吗？他是真心想要在黑暗中弹琴。调音师调好了琴，大部分钢琴家试一试琴就走了，傅聪总是不放心，常常留下来很久，跟调音师商量：让我再弹十分钟好吗？弹过十分钟之后，又恳求，让我再弹十分钟吧，就十分钟。

傅聪小时候并不是一个害羞的孩子。父亲傅雷是大翻译家，家里常来文人朋友对谈。傅聪和弟弟傅敏经常躲在客厅门后偷听，被抓到时，弟弟马上就哭了，傅聪却犟嘴。8岁那年，父亲的朋友发现，这个孩子有绝对音准。家里为他买了琴，请了老师，他把巴赫的练习曲和《水浒传》并排放在琴谱架上，一边机械地弹着巴赫，一边兴致勃勃地看李逵打架，直到楼上书房里的父亲听出了异样，下楼站在他背后大喝一声，他还沉浸在书里。

音乐里的父亲是严厉的，但也是赤诚的。傅雷钟爱音乐。他亲自编写只属于傅聪的教材，单独给他上课，教他用中国古典文化理解音乐。第一堂课讲了三句话，是《论语》的开篇："学而时习之，不亦说乎？有朋自远方来，不亦乐乎？人不知而不愠，不亦君子乎？"

傅聪还是孩子的时候，弹琴有时候开心，有时候不高兴。跟第一个老师学琴的时候，他自由自在，把一本莫扎特的小奏鸣曲都弹了，弹完后还可以吃一块点心。后来的老师管得严，每次练琴都要在他手背上放一枚铜板，弹琴时不准掉下来。这样弹到11岁他就不想弹了，跟父亲吵架，想要去参加革命，后来一个人留在云南上学。不过，远离音乐的日子只过到17岁。他帮同学的唱诗班伴奏时，满教堂的听众被他的音乐深深打动，大家自发地为他募捐路费，送他回上海继续学琴。

就这样，傅聪在17岁时又回到钢琴面前。从那时起，钢琴开始让他敬畏，也让他着迷，再也用不着任何人催促他练琴了。父亲发现，睡在床上的他还在背乐谱，手指弹痛了，指尖上包着橡皮膏继续弹，后来上台演出时，傅聪常常十根手指都包着橡皮膏。

钢琴前的傅聪是忘我的，那是一种强大的力量，听他弹琴能感觉到，他要离开，他要用音乐离开眼前的世界。他也因为这种忘我创造了一个个奇迹。一年后，他在上海第一次登台演出。两年后，他到波兰学习演奏肖邦的作品。1955年，他在第五届华沙肖邦国际钢琴大赛中获得第三名，更重要的是，他获得了玛祖卡奖，这是最能深刻诠释肖邦的奖项，他也是第一个获此奖项的中国人。一个中国年轻钢琴家竟能这样深刻诠释风格极难掌握的肖邦，音乐评论界因此将傅聪定义为"一个中国籍贯的肖邦"。

分隔两地的日子里，父与子逐渐迈向不同的命运终点。傅雷写信给傅聪，告诫他：面对人生，高潮时不致太紧张，低潮时不致太沮丧，就是人生胜利，如若依然苦恼，可以听听贝多芬的《第五交响曲》，读读《约翰·克利斯朵夫》，就会熬过难关。而傅聪那时候的信里分享的多是明媚的讯息，他写给父亲的信里一多半都在谈论音乐，分享他在演奏中感受到的乐趣。他在写给父母的信中说："可以说没有一分钟我是虚度了的；没有一份温暖，无论是阳光带来的，还是街上天真无邪的儿童的笑容带来的，不在我心里引起回响。因为这样，我才能每次上台都像有说不尽的话、新鲜的话，从心里奔放出来。"

只是在那个年代，并不是每一个人都相信，音乐是最重要的事。这也造成了他和时代之间的误解。在作家叶永烈的记录里，文化部的领导批评傅聪在留学期间过多谈论苏联问题、波兰问题，告诫他再这样下去，就要回国下乡劳动。这句话让傅聪真的以为，回国就要接受劳动改造。他是一心要活在音乐里的人，17岁才认真练琴的手一旦拿起锄头种地，还怎么弹琴？于是，他没有回国，买了一张去英国的飞机票。这是他一生最受争议的一次选择，有些事情因此彻底改变了。1966年9月，傅雷夫妇自杀。再也没有人跟他在信里热烈地讨论音乐，钢琴前只剩下他自己。

后来的傅聪喜欢躲在黑暗里弹琴，很少接受采访，也不喜欢参加公开活动。前半生想说的话，都写给了父亲；后半生想说的话，都告诉了钢琴。坐在钢琴前，他是音乐的奴隶，这是他的宗教，也是他人生中几乎唯一的表达出口。

其实傅聪在一生的演出中，曾有过一次毫不犹豫的登台。1966年11月，傅聪辗转知道了父母的死讯，残酷的是，第二天他还有音乐会。他失去了至亲，也失去了知音，那一次是真正的"不行了，弹不了"。后来傅聪接受采访时说，几乎就要取消演出之前，他想起了父亲：我知道，假如我取消这场音乐会，我父亲会失望的。

第二天的音乐会如期举行，舞台上的灯光一亮，钢琴家又一次走向钢琴。傅聪绝大多数的演奏会流程都很简单，快步走上台，在昏暗中弹琴，然后快步走下场。只在那一天，他在开始弹琴之前说了一句话："今天晚上我演奏的曲目，都是我的父母生前所喜爱的。"

到音乐里去

傅聪伦敦的家里，顶楼的房间是他的琴房。一整面墙的书架上装满了琴谱，两架三角钢琴占据了屋里几乎所有空间，只剩墙边小小的角落。钢琴家守着窗户练琴，从天亮练到天黑。

他的练琴时间是每天10个小时，80岁之前几乎天天如此，最长的一次连续弹了14个小时。他不吃午饭，不睡午觉，练到满意才去吃晚饭，要是有弹不好的地方，晚上他是睡不着觉的。由于手指常年过度劳累，经常受伤，他得了严重的腱鞘炎，可他还是缠着绷带继续练琴。后来，医生强制要求他休息。80岁的时候，他才勉强把练琴时间缩短到每天6个小时。

他始终活在一场紧张的追逐里，总觉得自己手指很硬，不够灵活，而且17岁才认真学琴，童子功不够，"我做钢琴家永远觉得难为情"。就连刚做完手术，医生叮嘱要休息，傅聪还是每天练琴，妻子劝不住他，打电话回国，想让弟弟傅敏劝他休息。傅敏反过来劝她，哥哥是必须活在音乐里的人，没有音乐他才会痛苦。

1979年，傅雷夫妇平反，傅聪获准回国参加追悼会。回国后的除夕夜，他到作家白桦家里聊天，两个人喝酒喝到天亮。傅聪讲起自己在国外的20多年，讲他的痛苦跟漂泊无关，也不是因为辛苦，而是孤独。

在音乐圈，傅聪结交了不少挚友。跟傅聪同年参加肖邦大赛的阿什肯纳齐，和傅聪同一天生日的巴伦博伊姆，三个钢琴家是无话不谈的好朋友，也都是远离故乡的漂泊者。

音乐里的赤子是孤独的。傅聪是一个喜欢用唐诗、宋词表达古典音乐的人，听众需要通晓几千年的中国文化才能真的听懂他在说什么。他说舒伯特是陶渊明，莫扎特是李白，早期的肖邦是李煜，晚期的肖邦是李商隐。演奏德彪西的时候,他说这是杜甫的"无边落木萧萧下,不尽长江滚滚来"。他的内心渴望着共鸣,如同在《傅雷家书》里那样与父亲高山流水,这是父亲教给他的学问,也是来自母语文化的认同感。可在西方世界里,人们常常只是望着他,称呼他是"来自东方的哲学家",并不能真正理解他。

傅聪理解音乐的方式,很像自己的父亲。傅雷做翻译时缜密细腻,力求把原作者的思想、感情、气氛、情调一一吃透;而傅聪研究音乐,像一个人类学家搞田野调查,他非常小心地读所有乐谱的原始版,检查作曲家手稿里的每一个注释,有时候作曲家把一段注释写好又划掉,他还会来回推敲其中的心理变化。不仅如此,肖邦去度假的岛是什么样子,写这首曲子的那一年经历了什么,他都会一一调查。为了不误解作曲家的本意,他还会去肖邦故居的钢琴上做试验,确认踏板到底有没有不同,音色听起来是否不一样……

晚年回国教钢琴大师课,他把每一页乐谱都讲得很细。他在课上最常问的问题是:"你觉得这首曲子在讲什么?"

教课时的傅聪有一种孩子般的率真,整个课堂上最强烈的情绪是他对共鸣的渴望,想要分享,想要理解,想要听到回音。给学生试奏时,他沉醉于旋律中,然后睁开眼睛,向学生俯过身去,脸上是一个老人的天真。"你知道吗?这就是卡珊德拉。"他边弹边哼唱旋律,指着琴谱叮嘱每一个演奏细节,如此反复,并不时用典故启发学生,讲南唐李后主、赴死的浮士德、得不到理解的卡珊德拉,还有特洛伊人的末日。他的殷切期盼全部写在了脸上……

2014年,傅聪80岁,我在那一年听了好几场他的80岁生日音乐会。那时的我听不懂他的肖邦,可是我迷恋他在音乐会现场展现出的那种力量。

后来我看到他的访谈，更理解了他的信念，"人世间有很多喜怒哀乐，只有音乐可以把这些东西都变成美的东西"。所以，不管在场的人有怎样的烦恼，有他在的音乐厅都是一方净土，他要用琴声把所有人带去另一个地方，逃离自己的苦，离开小我的世界，去欣赏音乐的美。

回国演出时，他不止一次站起来跟现场听众抗议，要求他们停止聊天，不要拍照。在长沙田汉大剧院演出时，音乐厅楼下是迪斯科厅，他连续三次下台，拒绝在听得到迪厅舞曲的状态下弹琴。1987年在台北演出时，照明电源的变压器噪音太大，他在中场后要求工作人员关掉电源，换成蜡烛照明。

所幸，人们听得懂。台北音乐会最终留下音乐史上令人难忘的一幕。只有呼吸声的大厅里，肖邦在那一天的琴键上复活了。演奏结束后，人们迟迟没有离场，音乐厅里烛光摇曳，掌声雷动。

江声浩荡

2020年12月28日，傅聪在英国伦敦去世，弟弟傅敏在一天后得到消息，他把自己关在房间里，一句话也没有说。

傅聪去世后，我重听了他的《C小调夜曲》，听他留在肖邦夜曲里难以被理解的明媚。那一天，我开始试着用傅聪的方式理解肖邦，抛却所有权威诠释，回到肖邦的原稿，以常人的方式理解他。答案竟然很简单：这首遗作虽是最后发表，但据音乐史学家考证，其创作时间是1837年，那一年肖邦经历了痛苦的失恋，却也在同一年邂逅了乔治·桑，恋情让他重拾对生活的信心。所以，这段夜曲与哀伤无关，也不是离国恨，而是他生命中的爱慕。人生再难有比爱情更明媚的事情了，所以，傅聪想在这首夜曲里表达的,确实是只有中国人才听得懂的诠释——蓦然回首,那人却在灯火阑珊处。

在2020年最后的日子,我终于听懂了傅聪,他终其一生想要表达的是肖邦身上的"诗"。在钢琴面前,他献上的不是傅聪的肖邦,而是一个最接近肖邦的傅聪。

在一生接受过的采访中,傅聪最常回答的一个问题是——做一个艺术家,最重要的是什么?早年,他回答过修养、才能、品格、赤子之心;最后的答案是:"现在我觉得,也许最重要的是勇气。能够坚持黑就是黑,白就是白,永远表里如一,尽管这很难做到……"

我常常想,什么是傅聪的勇气?答案也许是那些他没有做的事。在音乐的世界里,与他共鸣的一切都很特别。他最喜欢的指挥家是富特文格勒,一个在历史上被贴过"屈服"标签的人;他喜欢的肖斯塔科维奇被称为"懦夫";舒伯特是房龙笔下"一生没有交过好运的病秧子";而他听柏辽兹的作品时,哭到久久不能站立,给指挥写了40多页的信。那么柏辽兹是一个什么样的人?一个陷入孤独深渊的人。傅聪恰恰从这些人的音乐里,发现了美,读到了力量,那是他一生都在追求的力量。傅聪特别喜欢一个网球冠军,但是在这个冠军输的那天喜欢上他的,因为他笑了,还赞美赢了他的对手,傅聪说:"看到他一出场,我就泪流满面,这才是大写的'人'字!"

他是一个信仰"无音之音"的人,相信那些没有说出口却真正存在的真理,这是父亲在他人生之初就为他选定的路,"听无音之音者谓之聪"。

晚年的傅聪常说,父亲讲的第一堂课简直是自己一生的写照,尤其历经变故还能活下去,靠的就是最后一句话:"人不知而不愠,不亦君子乎?"他把这句话视为自己的理想。

作为钢琴家的傅聪终年86岁，但是他的音乐依然活着，直到今天仍能带我们去倾听真正的肖邦、莫扎特、德彪西以及舒伯特，所以，我们还远没有到跟傅聪告别的时候。他已经把自己想说的话，毫无保留地诉诸音乐，它们会活下来，活到下一个时代。

谈到傅聪的音乐，我只有一个遗憾。他在一次访谈中偶尔提到，小时候曾经为父亲写过一首曲子。傅雷在房间里吟诗，他有感而发谱了一曲。晚年弹奏德彪西的时候，他会想起这段旋律。这是我最想听到的一首曲子，可惜现在永远地消失了，20世纪的高山流水已成绝响。仅存的细节只有这些：写这首曲子时，他们命运中的风雪尚未到来，那一天，父亲吟诵的是另一个时代的苦涩，儿子谱写的也是另一代人的远行。只是我们再也无从听到了，就像那时候谁也未曾料到，触动父与子共鸣的浩荡江声，竟如谶语的，是纳兰性德的《长相思》：

山一程，水一程，身向榆关那畔行，夜深千帐灯。

风一更，雪一更，聒碎乡心梦不成，故园无此声。

（摘自《读者》2021年第5期）

"铁人"是怎样炼成的

吴晓东

粗糙的大手紧握冰冷的刹把，刚毅的面庞，坚定的目光……巍然挺立在大庆铁人王进喜纪念馆前广场上的花岗岩雕像，是王进喜的"铁汉写真"。他那句"宁肯少活20年，拼命也要拿下大油田"的铮铮誓言，浓缩成一代人奋斗的青春之歌，现在听起来依旧那么"燃"！

王进喜说："我这一辈子就是要为国家干好一件事，快快地发展祖国的石油工业。"

"石油工人一声吼，地球也要抖三抖"

第一个五年计划结束的时候，我国石油自给率仅有40.6%，飞机停飞，坦克停用，拖拉机也放在车库里。"没有石油，坦克、大炮还不如打狗棍。"

朱德总司令忧心忡忡。1959年9月底，我国石油战线传来喜讯——在东北松辽平原找到大油田，此时正值国庆节前夕，油田被命名为"大庆油田"。1960年春，一场规模空前的石油大会战在大庆展开。全国各地的石油工人从天南海北赶来，王进喜也率领钻井队从西北的玉门油田奔赴大庆，投身石油大会战。一下火车，寒风呼啸，滴水成冰。大庆石油会战，是在困难的时间、困难的地点、困难的条件下进行的。4万多人的会战队伍，没有住房，会战职工只能住在牛棚马厩，挤在自己挖的地窨子里。钻机到了，可刚组建的萨中探区吊运设备严重不足，这些大家伙怎么从火车上卸下来？王进喜说："咱们37个人每个人就是一部小吊车。"一场人与钢铁、力量与困难的较量开始了。王进喜带领30多名队友撬杠撬、滚杠滚、大绳拉，喊着号子："石油工人一声吼，地球也要抖三抖。石油工人干劲大，天大困难也不怕！"三天三夜，他们硬是靠双手和双肩，让40米高的钻塔迎着寒风矗立在荒原上。

"有条件要上，没有条件，创造条件也要上！"

"有条件要上，没有条件，创造条件也要上！"王进喜在石油大会战中发出的这句钢铁誓言，至今回响在大庆油田上空。

据资料记载，当时钻机已经就位，但配套的水管线没有接通，等水罐车送水要几天后。钻井要用水，没有足够的水来搅拌泥浆，钻机就无法干活。"与其空着手干等，不如干！"王进喜振臂一呼，带领工人到两三里外的水泡子（对大一些的水滩、水坑的俗称）里破冰取水，用脸盆端、水桶挑，连铝盔、灭火器外壳都成了运水工具，硬是往井场运了50多吨水，保证了按时开钻。仅用5天零4个小时，王进喜带领的1205钻井队打出了到大庆后的第一口油井——萨55井。当乌黑闪亮的原油喷涌而出时，中国石油工业历史的一项新纪录由此诞生。

经过3年石油大会战，年产500万吨的大油田建成了，结束了中国使用"洋油"的时代。1966年12月26日，1205钻井队仅用了11个月零4天，就让钻井进尺突破了10万米，创造了当时世界钻井新纪录。

"宁肯少活20年，拼命也要拿下大油田"

1960年4月29日，王进喜带着腿伤参加油田万人誓师大会，第一次喊出了"宁肯少活20年，拼命也要拿下大油田"的誓言。这句誓言，他用生命来践行。

拖着伤腿跳入泥浆池，用身体搅拌泥浆，60多年前，定格了王进喜"纵身一跃"的那幅照片至今仍震撼人心。1960年5月的一天，王进喜带领的队伍打第二口井，当打到700多米深的时候，钻机上30多千克重的方瓦被冲起十几米高，井喷一触即发。按常规，压井需要重晶石粉，可当时现场没有。"加水泥！"王进喜当即作出一个大胆的决定，用水泥来提高泥浆比重。当时王进喜的右腿被砸伤，正拄着拐杖在井台上指挥。眼看成袋的水泥倒入泥浆池就沉底，根本无法融合，情急之下他甩掉拐杖，带头跳进强碱性的泥浆池，用身体搅拌水泥浆。泥浆齐腰，每迈一步都很吃力。王进喜挥舞双臂，在泥浆中一边用力搅拌一边大声呼喊，在他的带动下，更多队员相继跳进泥浆池充当"人肉搅拌机"。3个多小时后，井喷终于被压住了。

钢铁是国家的筋骨，石油就是国家的血脉。这困难、那困难，国家缺油是最大的困难；这矛盾、那矛盾，国家建设等油用是最主要矛盾。他一辈子就认准了这个理儿，也成为他拼命为国家找石油的强大动力。

"干工作要为油田负责一辈子，要经得起子孙万代的检查"

那时候，作为钻井指挥部生产二队大队长，王进喜穿着羊皮袄，背着炒面袋，骑着摩托车，12个井队一个一个地跑。"干工作要为油田负责一辈子，要经得起子孙万代的检查。"王进喜说。在队友眼里，他不仅是吃苦耐劳的实干家，也是科学求实的典范。会战初期，部分钻井队过于追求速度，一度出现质量问题，1205标杆钻井队也打斜了一口井。王进喜说，要把这件事记在队史上："没有这一页，队史就是假的。这一页不仅要记在队史上，还要记在我们每个人的心里。我们要让后人知道，我们填掉的不光是一口井，还填掉了低水平、老毛病和坏作风。"

"三老四严"是石油大会战时期形成的优良传统：当老实人，说老实话，做老实事；严格的要求，严密的组织，严肃的态度，严明的纪律。长年累月高强度的工作严重透支着王进喜的健康。他因身患胃癌医治无效，在北京去世。1970年11月15日，铁人王进喜的生命，永远定格在47岁。铁人纪念馆有一张珍贵的"全家福"，那是1970年7月，王进喜一家四口在天安门广场留下的一张合影，这也是王进喜唯一一次陪家人上街。

(摘自《读者·庆祝中国共产党成立100周年特刊》)

多是人间有情物

徐慧芬

我最早识得一种草药时,只有四五岁。那时,外公牵着我的手去田间溜达。

外公俯身拾起一棵草,又接连拔起同一种草。这种草的叶子像一柄柄摊开的调羹似的贴着地皮长,中间竖着一根茎,地上到处可见。我问外公,这是什么呀?外公告诉我,当地人称打官司草,但它正式的名字叫车前草,可以当药用,他要采回去,让它派上用场。

我对散落在野地里、沟渠边、河滩上的野花、野草,有了探究的兴趣。外公见我好问,便教我识得了一些常见的花草。外公说,不要小看这些野草、野花,虽说长得赖贱,常常被路人踏来踏去,但它们大多是药草,各有各的用场。

终于有一回,我见识了药草的效用。我们村里有个凶婆婆,经常虐待童养媳出身的儿媳。有一天午后，这个儿媳手里携着一把锄头，慢吞吞地来到我家天井里，见到外公刚叫了一声"老先生"，就抹起了眼泪。她向外公诉苦，说她昨天不知被什么虫叮咬，脚背肿起一大块，痛得路也走不动了。外公看了看她肿起的脚背，立马走到屋外，回来时手上捧了一大把蒲公英。外公把几枝蒲公英捣烂成一团菜泥样，再往里面掺了一点陈醋，然后就把这团草泥敷在她的脚背上，用一块布裹住，余下的蒲公英让她带回去煎汤喝。第二天这位妇人又上门来，这回眉眼舒展开来，她是来向外公道谢的，我们看到她的脚背已经消肿。

家里有许多瓶瓶罐罐和大大小小的甏，里面都盛放着外公收集的药材及研制好的成药。母亲告诉我，做药是很辛苦的，每一味药材的收集、清洗、晾晒、炮制都非常麻烦，有的几蒸几晒磨成粉后还要和上蜜封上蜡，所以这些药都是外公体力还吃得消时做成的，放在密封罐和石灰甏里能保存好多年。

我懂事时，外公已是八旬老人，自然不会再这么辛苦劳作了，但我家屋子廊檐下，一排排的竹钩上总晾着一些等着晒干或阴干的药草。家人吃了鸡和鱼留下来的鸡胗皮、乌贼骨、黄鱼石等，外公也会当宝贝收集起来。后来我才晓得，鸡胗皮又称鸡内金，是帮助消化的良药；乌贼骨又叫海螵蛸，磨成粉，洒在创口处能止血；黄鱼头里两块洁白的小石头叫黄鱼耳石，也能治疗人的多种毛病。

平时家人吃完水果后，剩下的果壳皮也会被收集起来。橘子皮晒干了变成陈皮，多放几年更好，吃了可以开胃通气。石榴皮苦涩，可以治疗慢性腹泻。柿子蒂用来治疗打嗝很灵验。菱角的壳泡水喝可以解暑气。

我家门前屋后，前院后院，种了不少树木和花草。每一种树木花草，外公都能说出它们各自的名堂。我日日在外公身边，耳濡目染，也渐渐知道了一些花草的好处。比如：桑树一身是宝，桑葚吃了能补血，冬桑叶煮水喝可以治疗风热引起的眼红及咳嗽，桑树枝煎汤服能治疗风湿病。最普通的杨柳树，不管树叶树枝树皮树根，也都各有用处。小孩子若得了腮腺炎，将树叶捣烂，敷在鼓起的面颊上，这毛病就好得快。我小时候常发荨麻疹，大人用樟树叶泡水给我洗浴，不久就好了。槿树的叶子采摘下来揉碎了洗头，洗完后头发非常柔顺光滑。

再比如，月季花瓣敷在受伤处能活血止痛，栀子花泡水喝清火消口疮。牵牛花的籽有两个奇怪的名字，黑的籽叫黑丑，白的籽叫白丑，它们有点毒性，但可以润肠通便，还可以用来杀蛔虫。香气浓郁的蔷薇花，摘下来晾干，放在锅里熏蒸，出来的蒸馏水就是蔷薇露，喉咙发炎干哑时饮几口挺管用。还有一种白天蔫头耷脑，到了傍晚就精气神十足的紫茉莉，我们也叫它夜茉莉。它结出的籽像一粒滚圆的黑豆，外壳毛糙但很坚硬，砸碎了，里面却是一团雪白细腻的粉，可以用它来搽脸。

我们村有位长得很养眼的女子，打扮也有些特别，穿着斜襟衣衫，头发梳得溜滑，脑后鼓起一个发髻，上面插着一根玉簪子。她会候着时节到我家来采摘夜茉莉的籽。摘好了从衣襟上取下插着的手绢，小心翼翼包好，脸上一副心满意足的笑容，临走连声道谢，如果外公在，她会向外公鞠个躬。现在想来，这不就是一幅美丽的画吗？

我家的自留地里，一年四季种有各式蔬菜。有的蔬菜也有药用，即人们常说的药食同源。蔬菜也是各有脾性的，有的菜性热，比如韭菜和草头，虽然鲜香能开胃，但也不可多食，否则容易上火，害眼病、有痔疮的人就要忌这口；有的寒凉，如马兰头、枸杞头、芹菜、蓬蒿菜等，能滋阴明目泻火，但身体虚寒的人就要少吃；有些菜性情非常温顺平和，比如青菜、花菜、卷心菜、黄芽菜等，不同体质的人都可以放心地吃。外公在世时，家里饭桌上的蔬菜也多是根据不同菜的食性搭配好的，比如中午吃了韭菜、大蒜、洋葱等热性菜，晚上就要弄点芹菜、萝卜等清凉些的菜，以平衡食性。

我认了一些字后，看到外公房里很多的医药书，有时候也会忍不住翻开来看看。外公跟我讲过看麦娘等草药的故事。看麦娘长在麦田里，样子和麦苗差不多，能治疗水痘、肝炎等病，它还有攻毒的作用，所以麦田里有看麦娘，麦苗不容易患虫害。但是农人除草时，都把它当害草除掉，认为它夹杂在麦苗里长，容易影响麦苗的长势。外公说其实叫它看麦娘是有道理的，它在麦田里伴着麦苗成长，等到麦苗一点点往上蹿时，看麦娘就不长了，慢慢萎缩，把阳光雨露尽可能地留给麦苗，就像麦苗的奶娘一样。

我识了几种药草后，有一次在外面玩，就把看到的一种药草拔下来，塞了两口袋，到家掏出来交给外公。外公捋了捋山羊胡子笑着说，你以后不要去拔这些草了，外公去年晒干的还有不少呢，让这些草留在地里活过一秋也是好的。外公教导我：天上地下的许多东西都给人带来了用场，它们对人是有情义的，我们要懂得爱惜它们，用它们时要有分寸，不能浪费糟蹋。

我八岁时，外公去世了，如果从我懂事有记忆算起，他老人家也只陪了我三四年光景，但童年时的这段成长经历，对我的一生影响很大。工作后，我陆陆续续购置了一些中医典籍，闲暇时会翻看，一本《汤头歌》更是长置案头。去年九十多岁的老妈咳嗽了好一段时间，服了些药也不见好。后来我根据古方，熬制成一款药糖，切成糖块，让她每日含在嘴里试试，想不到效果竟然不错。老妈表扬我说，你倒有点像你外公了。

一晃几十年过去了，我的脑海里还时常浮现外公的模样，有时做梦还会梦到老家的那些花草树木,醒来时仿佛空气里也弥漫着旧时光里花草的熟悉气味。

(摘自《读者》2021年第9期)

山楂是甜的

肖 于

我妈是个知青,我爸是个农民。我妈是城市户口,我爸是农村户口。这不只是简单的工农混搭,也是命运的羁绊,让我最初的生活充满矛盾、碰撞、愤怒、不甘、无望、争吵——这些词离幸福都有一点儿远。

作为生产队队长的儿子,我爸一心要找个城里姑娘结婚。任凭做媒的人来来往往,他毫不动心,直到生产队的王会计带着我姥爷的意思踏进门槛,我爸才认定了这门亲事。

在我幼时的岁月里,我爸应该很辛苦。只有他一个农村户口,却有三个城里人要养活,他的土地太少了,我妈又不甘愿干农活。他勤快,愿意为生活付出所有气力。据说,在生产队里,我家永远是每亩地里出钱最多的人家,而他的女儿们却几乎没去过那片土地。

事实上,过分操劳让他变得暴躁、易怒。爱好也从打乒乓球、滑冰变成了喝酒。再加上和我妈经常有矛盾,不干活的时候,他几乎都去外面喝酒,然后便是争吵、冷战。

粗粝、辛苦的生活让我妈也不幸福,她尽心尽力地养育我和妹妹,却也常说很伤人的话。我姥姥及其他家人都心疼我妈,一个城里姑娘,就这么嫁给一个种地的,日子确实是苦。他们也常对我说:"你妈太不容易了,你长大了她就能过得好点了。"我父母不太如意的生活,好像都是我和妹妹造成的,很荒谬。

那时,东北没什么太好吃的水果,入秋的山楂勉强算水果吧。有一次,家里买了一堆山楂。对于这堆山楂,我恐怕要记上一辈子,并不是因为山楂好吃,而是我妈对我说的话。

这山楂特别酸,我吃了两个,一点儿也不好吃,却又觉得扔掉太浪费了。我妈看我那痛苦相,让我把剩下的半袋子山楂都扔了。扔东西并不是一贯节俭的她所能作出的事情,可她的逻辑是止损,她说:"买了不好的东西已经吃亏了,再吃了不想吃的东西,损失更大,不如扔掉,就损失一次。"

我妈说得对,这个道理我听一次就记住了。不管有多舍不得,都没有必要为了拥有而受伤害。

可是我妈没法止损,因为两个女儿,因为这就是她的命。

后来,我知道,山楂可以做成山楂酱。只要放白糖,多放,再难吃的山楂也变甜了。就像我们的日子,酸涩难忍,又漫长,可终究能通过努力,让日子变得甜一点。

酸酸甜甜的山楂酱放在罐头瓶子里,想吃的时候去挖半碗,现在想想,那种甜还能浸到心里。尤其是在寒天,把玻璃瓶子放在阳台门和厨房门形成的夹层里,阳台是个大冷库,厨房是热的,两道门隔出的夹层是冰火两重天。山楂酱处于半冻不冻的状态，不会坏了味道，也能随时挖出来吃。

东北几乎有半年的冬天，冬天里没有农活可做，很多种地的人就猫冬了。猫冬怎么可能有收入？我父母脑子活，也不怕吃苦受累。在20世纪80年代末，他们养了几头奶牛，按我妈的话说："家里又多了一个人上班。"奶牛产牛奶，牛奶可以卖钱，每天都有收入。就算猫冬，土地里不生钱，家里的牛也能赚钱。

入冬了，我爸在生产队的电影院烧锅炉，我妈在水泥厂上班。我妈下了班，要到托儿所接我和妹妹，然后回家挤了牛奶，又要带着两桶子沉甸甸的牛奶去奶站卖掉。但是两个很小的女儿，害怕得不肯在家里等她，怎么办？

我妈骑着二八大杠自行车，两个几十斤重的牛奶桶挂在自行车后面，两个女儿坐在自行车的大梁上。天有点冷了，我们都穿着厚厚的棉衣。夜幕来得快，天色很快就沉下来。

我妈带不动我们了，骑了没几分钟，就放下我和妹妹，到综合商店门口给我们买两根糖葫芦。我和妹妹一边吃，一边在深沉的暮色里跟着我妈走，我妈骑一会儿自行车，再推着自行车走一会儿。我和妹妹跑跑走走，一点儿也不冷。暮色很深，带着秋季里冰冷的浓雾，只有路灯是橘黄色的，每隔一段，就劈开夜色挥洒些温暖的光来。母女三人，就这样，在糖葫芦甜甜滋味的引领下，按时走到遥远的奶站。

交了牛奶，我妈会带上我和妹妹，以及两个空了的铁皮桶，骑自行车回家。路过综合商店，再买几根棒冰，把它们冻在室外的窗台上，晚上看电视的时候吃。

天冷，我妈是热的，蹬自行车出了一身的热汗。我和妹妹坐在车大梁上，遇到过天桥、上坡时，都下来帮忙推自行车。我们身子是热的，手和脸蛋是冷的，可心里，是甜的——除了冰糖葫芦，还有对棒冰的盼望。

那些年，我的父母从来没机会休息，除了种地、上班，他们还干过很多营生，只要能赚钱，他们从不吝惜自己的时间和气力。他们一心要两个女儿过更好的日子，虽然他们并不知道这个愿望要如何实现，但他们从未放弃过努力——过更好的日子的努力。

姥爷和姥姥相继去世后，五十岁出头的父母搬到北京定居，除去曾经生活的一切烙印，过上了年轻时从没敢幻想过的日子。城里的亲戚，再也不会有人看低他们，再也没有人同情他们了。

人世苍茫，小人物的命运永远和大环境息息相关。种田为生的我爸早在城市化的改革大潮中，改换了城镇户口。我妈也在纷繁复杂的企业改革后，开始领退休金。我妈的退休金账户内钱数不多，可每年都在增长。

命运开始眷顾他们，对他们来说，年轻时受过的苦已被稀释了，只是我担心这些苦藏在他们的身体里，早晚要一点点地显示出来。

现在回到父母家，如是冬天，他们一定会提前买了糖葫芦，放在冰箱里，等我吃。他们会套上棉衣，走在北方冷飕飕的街上，去最近的超市，如有邻居问，我爸会说："我家老大回来了，她爱吃糖葫芦。"

（摘自《读者》2021年第24期）

玩具修复师

刘 雀

一

上海人朱伯明一辈子都闲不下来。即使73岁了，他每天仍然保持着上班时的作息，甚至比退休前还忙。

现在的朱伯明，是网络上有名的"老法师"。如果你打开搜索引擎，搜索朱伯明的玩具诊所，一张照片会先蹦入眼帘——一位白发老人全神贯注地坐在桌前，左手举着放大镜，右手拿着镊子，身旁摆满了旧毛绒玩具、针线盒、剪刀和七零八碎的工具。

位于天宝西路252弄的这间拥挤的老公房，是朱伯明住了一辈子的家，现在也是他的工作间。每天上午9点，他准时坐下，打开台灯，放大布娃娃残坏的部位，一寸寸地做修补。玩具修复师是他退休后的新身份。每天，来自天南地北的顾客从网络上发现他，送来心爱的伙伴让他修复。朱伯明的手机里有300多个顾客朋友，他逐一给他们备注了名字。备注"32岁儿子猴哥33岁本人姑娘"的，意思是，33岁的姑娘有一只陪伴了她32年的猴子娃娃，她把它认作儿子；而叫"某某某儿子走路功能开发"的顾客要求朱伯明在修好熊猫娃娃后再安装一个传感器，让它也能走起来。

手机也是朱伯明的生产工具。每当接到委托，朱伯明要先跟客人仔仔细细地沟通一番：哪个部位不能动，是否清洗，是否上浆，鼻子什么样，眼睛什么样……他会让客人尽可能细致地描述，用笔将要求一条一条写下来。之后便连续几日做修复工作。

第一步是清洗灭菌，一只塑料大脸盆是娃娃的"浴缸"，他搬一张小板凳，坐在盆边细细地洗。娃娃经不起太阳暴晒，他就把洗好的娃娃悬挂起来，用吹风机慢慢烘干。

接下来，要给娃娃配布料和毛绒。有些娃娃岁数太大，要找到二三十年前那种形态的毛绒非常困难。朱伯明这时就要跨上自己那辆老自行车，一连几天，跑商场、批发市场和玩具城。最后一步，是至关重要的补充棉花和缝制。他操作得很谨慎，时不时与客人通视频确定方案。

"再胖点还是再瘦点？""鼻子这个位置行不行？"他一边将镜头对准娃娃，一边问，随时调整。顾客追求的是一份自小便有的感官回忆，摸时的手感，闻时的气味，通通得对。修复娃娃最难之处在于面部。毛绒娃娃有神态，也许皱着鼻子，也许挑着眉头。在主人眼里，娃娃会讲话，会开心，也会哭泣，喜怒哀乐都能通过五官表现出来。"小孩子日夜抱着娃娃，与它对话，搂着它睡觉。它的一颦一笑，小孩子都十分熟悉。"

朱伯明对客户群有一个大致的画像，来修娃娃的人以"70后""80后"

为主。"70后"伴随着改革开放成长，居民生活水平提升，孩子们开始拥有毛绒玩具。更多的是"80后"，中国第一代独生子女，从小拿娃娃当兄弟姐妹，很宝贝，不让人碰，甚至舍不得清洗。

二

朱伯明修复的第一只玩具，是儿子的娃娃。那时，他天天上班，没有时间陪伴儿子。作为补偿，他给儿子买了很多毛绒玩具。有一天，朱伯明打扫房间，发现有一只北极熊已经很破旧，熊嘴都断了线，便顺手收走。儿子回家没看见熊，翻来覆去地找，念叨着："我的明明不见了。"朱伯明这才知道，北极熊是儿子最钟爱的、天天抱在怀里的玩具，他甚至为它起了名字。

于是，朱伯明抽空把熊修复一新。但儿子不买账，说"这不是我的明明"。

这让朱伯明体会到，娃娃和主人之间紧密的联系。修复娃娃的目的不在于使其焕然一新，而是还原娃娃在主人脑海中的形象和状态。朱伯明明白了，每一个毛绒娃娃都有自己的形态和特殊的标志。打个比方，大家都知道脸部对称才美观，可如果在主人的记忆里，娃娃的嘴有点斜，那么，修复成对称的，便是失败。他给自己定下了"修旧如旧"的原则。

渐渐地，朱伯明修娃娃的手艺在熟人圈子里传开了，越来越多的人把损坏的旧娃娃托付给他。他退休后，这门手艺就发展成了主业。

客人越来越多，有法官、律师、狱警、工程师……各行各业，五花八门。一位单亲妈妈说，她在儿子年幼时离异，为了弥补儿子缺失的温暖，送给他一只娃娃，儿子如今已经考上硕士，成长中的每一天，他都要和娃娃聊会儿天；另一位女士送来修复的是一只毛绒猴"猴猴"，"猴猴"是20多年前一个默默爱慕她的男同学送给她的，后来，男同学意外去世，"猴猴"成了留在世间的纪念；一个移民澳大利亚的客人，要朱伯明修一只掉了鼻子的玩具狗，他在当地是个农场主，曾苦觅生产这只玩具狗的厂家，甚至想把整个厂子买下来；一位女士的乳胶洋娃娃，是当年父亲去广州出差花80元钱买的，那时候父亲一个月的工资才40元。

修复的娃娃越多，朱伯明越能体会到，对主人来说，每一个娃娃都是独一无二的宝贝。每个娃娃特有的灵魂和气质，他也瞧得出来。比如一只布偶兔子，肚子上的白毛脱了一整片，那可能是因为主人经常摸它，寻找慰藉。

10年来，来到朱伯明诊所的娃娃，已经超过300个。有顾客对朱伯明说，你拯救了一类人。这越发让他感到责任和随之而来的压力，动手就更加精细和审慎。

有一回，他光是调整一只娃娃的眼睛高度，就调了整整3天，心理压力大得几近崩溃。最后，他反复调试了两个半小时，把眼睛的位置调低了0.03毫米，那神态，一下子就对了。客人心满意足。

修好了32岁的猴哥，他逗那个33岁的姑娘，"现在他老婆开心了，帅男人回家了"——猴哥的老婆是一只毛绒兔子，姑娘给配的娃娃亲。

老人和姑娘都有颗童心。猴哥刚被送来时，姑娘舍不得，一个劲地安慰猴哥："不要怕，不要怕，在这里做好手术就可以回家了。"

朱伯明也搭腔，对猴哥说："不要怕，医生爷爷在这里。"

一位顾客写下评语："朱伯明的玩偶诊所就像一台童年的时光机，带我们远离成年人繁复的世界。"

三

朱伯明身材高瘦,短发花白,戴细边眼镜。他穿着老式的西装,里面是白衬衫,毛背心,素净工整,一副老技术人员的模样。他过去在研究所工作,退休后,延续了对科学技术的兴趣,喜欢拆装半导体收音机、彩色电视机,后来成了音响发烧友。就连脚下的皮鞋,都是他自己发明制作的空调鞋,鞋侧安装了由感应芯片和锂电池组成的发热装置,能调节温度。

他住在老楼里,老公房30多平方米,一户和一户挨得很近。入夜,老年人聚在一起打麻将、抽烟、打牌。朱伯明不喜欢这些,他躲在工作间里捣鼓自己的活计。他的家里总是安安静静的。

朱伯明与40岁的"小熊"说话,"小熊"拥有了一个和40年前一样的鼻子。上了岁数后,朱伯明的近视上又添了老花,度数相抵,反而感到眼神愈发好了。破损的娃娃摆在手边,他穿好针,用缝纫剪刀截断线头,动作稳当、细致。有时候修着娃娃,他就忘了时间。

岁数见长,朱伯明也开始感到有点力不从心,这让他有些惆怅。但他喜欢客人们收到修好的娃娃后给他发来的感谢信息。那些泪流满面的表情,激动喜悦的语音,让他也受到感染。现在,他每个月只修两三个娃娃,注入更多的耐心,慢慢地、精心地完成工作。

他已经退休12年了,没想到自己能用这种方式安慰他人。这样的欣慰之情,远远胜过了岁月带给他的焦虑。

人老后,世界的变化好像更快了。2015年,朱伯明才给自己换了部智能手机。刚开始,他也弄不清怎么用智能机发图片、录视频,和客人沟通,要一个字一个字地慢慢输入。

公开统计数据显示，中国2.54亿老年人中只有6000余万人是网民。另一条常被引用的数据是，有近3/4的老年人不能熟练使用智能手机上网，甚至没有智能手机。老年人在数字生活中格格不入的新闻屡屡引发热议，那些"老年手机无法使用健康码""老年人不会使用手机叫车"标题下的主人公，一般被描述成孤弱无力的形象。2021年的政府工作报告明确提出，帮助老年人更好地融入数字化生活的重要性——"推进智能化服务要适应老年人需求，并做到不让智能工具给老年人日常生活造成障碍"。

朱伯明是主动想跟上时代浪潮的那一类人。1997年，他50岁，还在研究所工作，申请了一台奔腾Ⅱ的主机，自己购买了显卡、内存卡等散件，装配了一台电脑。

换了智能手机后，他越学越快，应用商店里的互联网App他挨个儿都下载了来用。

一位学者撰文称，数字化参与可以减少老年人的孤独感，"能够上网的老年人被社会排斥的可能性会大大降低"。

因为修复娃娃，朱伯明的退休生活变得热闹非常。过年了，年轻的顾客朋友寄来特产、礼物，拜年短信在除夕夜响个不停；感冒了犯咽炎，年轻的男孩听出来了，反复叮嘱他注意身体。

娃娃会旧，人也会变老，但有些东西可以越修越新。"年轻人的压力非常大，我修复娃娃，也是在帮助他们缓解压力。"这个古稀老人想拥有更多的年轻朋友。

（摘自《读者》2021年第9期）

从石头缝里"挤"出来的石油

韩　宇　管建涛　杨　喆

"许多人可能认为，石油藏在地下，就像一条'油河'，开采石油是把石油从'油河'中抽上来。其实石油全部藏在岩石的缝隙中，开采需要科技手段支撑。"大庆油田历史陈列馆讲解员张彬指着岩心对现场观众说。

60多年来，从易开采的高渗透率岩心，到不易开采的低渗透率岩心，一代代大庆人从石头缝里"抽"出、"压"出、"挤"出宝贵的原油24.3亿吨。而在大庆油田闯过的一道道难关和不断实现超越的科技变革中，"爱国、创业、求实、奉献"的大庆精神穿越历史的时空，成为一座油田永葆活力的力量之源。

与石头缝"较劲"

在大庆油田历史陈列馆的一个展柜内,静静陈列着松基三井的岩心。

1959年9月26日,松基三井喜喷工业油流,这标志着大庆油田的发现,从此翻开了中国石油开发史上具有历史转折意义的一页。以铁人王进喜等为代表的几代大庆人艰苦创业、接力奋斗,建成了我国最大的石油生产基地。

在大庆油田勘探开发研究院采收率研究室一排试管中,油与水的比例随着标注的开采时间逐渐变化,从开发初期几乎全是油,到如今水上只漂着一点"油花",石油开采难度递增一目了然。

"我们的工作就是与石头'较劲',使油田采收率不断提升。"采收率研究室高级工程师王蕊说,"油田的'找油'历程,也一直围绕着油与水的矛盾做斗争"。

为了解决油田开发难度逐年加大的难题,一代代科技工作者呕心沥血,攻克了无数难关,大庆油田也经历了一次采油、二次采油、三次采油的实践。如今,四次采油技术也在不断完善、成熟。

"简单来说,一次采油就是依靠地层压力,使石油自喷出来,地层压力减小后,自喷就无法实现了;二次采油则是通过注水或气的办法驱动采油;三次采油则依靠注入化学剂、热介质和气体等驱动采油;四次采油是一种多介质协同的提高采收率技术,更加智能、高效、精准。"研究院企业首席技术专家韩培慧说。

韩培慧介绍,油田曾采用笼统注水开发,但因为方法不够精细,出现了"注水三年,水淹一半,采收率不到5%"的问题。以大庆油田第二代"铁人"王启民为代表的科技工作者夜以继日攻关,创立了"六分四清"分层开采方法，使采收率提升了数倍。

如今，二次采油到四次采油在大庆油田均有不同规模的应用。"经过数十年的高效开发，要突破油田产量递减的客观规律，实现产量不降反升，必须不断创新技术，每一滴油都来之不易。"采油一厂第一油矿一矿矿长辛亮感慨地说。

"水中捞油"真厉害

三次采油之后，地下仍有40%的原油，但油层含水已接近98%，相当于"水中找油、水中捞油"，这是一个世界级开发难题。

"我们从2005年就开始进行相关实验，仅岩心驱油这一项实验，就至少进行了1万组，消耗了至少2万块岩心。"大庆油田勘探开发研究院高级工程师刘海波说。

"从2012年开始，我们就对四次采油技术开展大量试验，为四次采油的大规模推广积累经验。"第二采油厂第七作业区注聚二队队长侯巍说。

"四次采油技术不是'纸面上的技术'，攻关以'年'为单位计算。"大庆油田勘探开发研究院采收率研究一室科研人员樊宇说，2013年到2014年，面对试验中油井采出液含水量突然增加的"意外"，他好几个月睡不好觉，和同事加班加点，钻研一年才解决问题。

如今，四次采油技术已经实现地质认识、驱油机理等多方面的突破，占领了世界四次采油技术的制高点。

据测算，四次采油技术全面推广应用后，大庆油田可增加可采储量2.78亿吨，相当于又找到一个10亿吨储量以上的优质油田；全国可增加可采储量5亿吨，相当于找到一个20亿吨储量的大油田。

60多年来，几代大庆石油人致力于科技自主创新，累计取得国家级科技成果106项、3次问鼎国家科技进步特等奖，创造了原油5000万吨以上连续27年高产稳产、油气当量4000万吨以上持续稳产的世界奇迹。

走好"科研长征路"

采油技术一次次突破的背后，是"爱国、创业、求实、奉献"的大庆精神的生动写照。

"身穿'冰淇淋'，风雪吹不进，干活出大汗，北风当电扇！"这首打油诗描写了20世纪60年代大庆油田科研人员在极寒天气下进行分层注水研究的场景。

"所谓'冰淇淋'，就是天气太寒冷，室外工作者棉袄棉裤上都是冰雪，看上去人就像冰淇淋一样。"研究院原总工程师袁庆峰笑着说。

大庆人之所以这么拼，其实是因为一种居安思危、未雨绸缪的科学基因，让他们从不敢懈怠。

早在1960年4月，在大庆油田第一次开发技术座谈会上，十大开发试验和十四项技术攻关就开始提出并相继实施，大庆人从而掌握了不同油层注水开发的动态变化及油水运动规律。"一次采油开始的同时，二次采油就得以实施了。"袁庆峰说。

1965年，三次采油开启研究工作，"30年磨一剑"，韩培慧说，1972年进入矿场试验，1995年进入工业化应用，中间跨越了整整30年。

超越权威、超越前人、超越自我的"三超精神"在大庆科研工作者一次次"否定之否定"中孕育而生。

"创新是一场不凡的历程。"王启民回忆起自己的"科研长征路"。

油田开发初期，他靠着两条腿到每一口井调查，"把每口井都当成自己的孩子"。20世纪80年代，为实现高含水油田持续稳产，王启民把目光瞄向了不计入石油储量表的"表外储层"，这是国际上被判了"死刑"、旧理论无法开采的油层"禁区"。最终，他摸索出一套开发"表外储层"的新技术，推动大庆油田稳产10年。

随着油田开发持续深入，"井井高含水、层层高含水"成为大庆油田的新特点。2003年至2014年，大庆油田通过一系列技术创新，实现了原油4000万吨持续稳产12年，为油田持续有效发展和国家能源战略安全作出了贡献。

如今已经84岁高龄的王启民，对自己当年在宿舍门上贴的"闯将在此"四字横批记忆犹新。

"我们的岗位在地下，斗争的对象是油层，搞石油的人，思想一定要解放，要勇于去质疑。"王启民说，"一变思想，必有出路。"

（摘自《读者·庆祝中国共产党成立100周年特刊》）

妈，等你回来

张泽茜

李兰娟院士

"妈，等你回来。"

2020年2月1日，郑杰发了一条朋友圈消息。

同一天，《李兰娟院士带队出发驰援武汉》的新闻被无数人转发。

抗疫之战打响以来，钟南山院士、李兰娟院士等一批医学专家备受关注。

从视野里消失了整整6天的母亲

"她自1月18日起，从我的视野里消失了整整6天。24日深夜接她回来的路上,她又冷又困,从18日开始到28日,她没有一天不是深夜2点之后睡的。"郑杰在个人公众号中写道。

尽管文字中流露出不舍,郑杰谈及母亲此次出征却显得十分淡定。"我们虽然担心,但更多的是相信。"郑杰说,"她做事有一股'倔劲'。"为祖国做贡献被李兰娟这一代人视作天职。"这个时候谁也拦不住她,而且祖国确实需要她,所以我们只能在后面默默地支持她。"

快节奏的生活,对李兰娟来说是一种常态。

作为一名医务工作者,李兰娟每天6:00左右起床,8:00开始上门诊。"她已经形成习惯了,晚上睡得再晚,早上起床的时间都是固定的。"

郑杰早年在互联网行业创业,熬夜加班对他而言是家常便饭,但在和母亲共事创立医院的时候,他才真实感受到,医务人员的工作强度有时候比IT从业者的大得多。在面对疫情或重、难症患者,三班倒的值班制度,医院开诊后陆续到来的患者时,医务人员需要根据情况不断调整自己的时间安排。

电视上,李兰娟的一口"绍兴普通话"让人印象深刻。"后续希望减少一些媒体采访,她太累了。近期她的工作重心放在疫情防控上,对此,她还想多花点精力。另外,还有一些与病毒相关的疫苗和药物的研究工作。"郑杰说,"作为儿子,我希望自己能够在背后支持母亲,当然也希望她不要太累。然而现在这个时候,百姓都希望听到专家的声音,希望对最新情况有一些准确的了解。母亲必须出来说话,也希望媒体能准确地传达给百姓。为此,我们专门组织了一个小班子通宵开发'李兰娟院士留言板'这样一个小工具。它能给全国人民和一线医务人员提供一个传递心声的渠道。"

常不在家的她其实为家庭牺牲很多

"李兰娟不在家。"外婆声音洪亮。

这样的场景常常出现在郑杰的童年记忆里。诞生于双院士家庭,郑杰没有得到父母太多的陪伴。"我基本上是由外婆带大的。"他说。郑杰的父亲郑树森是肝胆外科、肝移植专家,同时也是中国工程院院士、法国国家医学科学院外籍院士。李兰娟与郑树森这对院士伉俪,也被人们传为佳话。

当谈及"母亲曾送给自己什么珍贵的礼物"时,郑杰沉吟了许久才回答:"母亲给我的礼物,我想了想,好像还真不多。"

说着他笑了:"我觉得很多时候,不是她对我说过什么,或者做过什么,而是她和父亲两个人的一些行为,在无形中向我传达了什么、教给我什么。"

郑杰从小就觉得母亲做每件事都非常认真,"今日事今日毕"也是她一直恪守的行为准则。"她一直觉得小孩不仅要学习好,人品也要好。"尽管他从小成绩优异,李兰娟对他要求依旧严格。"我小时候最担忧的是,如果成绩不好,学期末要怎么办。"郑杰说,"从身心角度看,她对我们是很关爱的。"

李兰娟求学时期,大家主要学习俄语,所以直到工作多年后,她才开始学习英语。"在我的印象中,母亲和父亲是听着磁带从一个个单词开始学起的。"郑杰说。当时李兰娟的日常工作已经相当繁忙,除了临床工作还要进行大量的研究。"在我小的时候,深夜里常能看到他们一边补学英语,一边看国外论文。"

李兰娟的丈夫郑树森40岁左右去华西医科大学(现四川大学华西医学

院）读博，毕业后李兰娟又支持他前往香港攻读博士后。"那段时间，母亲一个人的工资要养活我们一家四口。"郑杰回忆道，"当时我爷爷在老家生病了，母亲也没有和我父亲说，就自己带着我、抱着弟弟去老家给爷爷挂吊针。一直到爷爷病愈，她也没和父亲提。小时候我们家的经济条件一般，一直到我父亲从香港回来，我们家才有了彩色电视机。"

冷静是传染病学专家基本的自我要求

"她一辈子对职业的进取心，让我很受鼓舞。"郑杰说。李兰娟不仅是丈夫不断求学的坚强后盾，她自己在科研方面也一直很努力，直到当上院士也没有松懈。

"这是一种拼搏精神，我后来才慢慢感受到。他们几乎没有娱乐时间。我父亲当上院士后，偶尔看看电视，也会被我母亲督促去看论文。"郑杰说。

李兰娟求学期间曾经面临两个选择：一个是做老师，一个是做医生。当时老师的工分比医生的高，然而李兰娟还是选择了做医生。"她觉得做医生能学到更多东西，服务父老乡亲的可能性也更大。"

因为工作认真，村里的所有人都认识李兰娟。"当时就有一句俗语——进门狗不叫，就是说医生和村民已经熟到你进他家门，他家的狗都认识你了。"

李兰娟提出对武汉实施"封城"，郑杰认为母亲在重大事件面前，一直果敢冷静。

"作为传染病学专家，这其实是一个基本的自我要求。如果专家学者不表态，那么就更没有人说了。所以她和钟南山院士参与的国家卫健委特别专家组的这次武汉之行是非常重要的，他们去看了现场，然后连夜回到北京汇报。"郑杰说。

在抗击"非典"时期，浙江省2003年4月出现第一例"非典"患者，除了快速对患者所在的小区进行隔离处理，李兰娟同时进行了病毒的分离和研究。"二者几乎是同时进行的。这使得浙江省内除了3到4个患者，没有其他民众以及医务人员被感染。"因为对职业的坚持，即使在担任政府领导职位期间，李兰娟依旧没有间断过临床门诊和科研工作。"她一直都没有抛弃自己医生的身份。"郑杰说。

（摘自《读者》2020年第6期）

三代同堂的理发店
阮义忠

来往于三峡与新店间的779号公交车每小时一班，全程22公里却有62站之多，方便了分散在山中的村落居民。就我的搭乘经验而言，大约1/3的小站经常没乘客，但横溪是公交车必停之处，多少总有人上下。这个位于入山口的老村，想必是先民屯垦时期的重要据点。

站牌设在一间旧式理发店的门口，车子每回只停一两分钟，我的目光却是一秒钟也移不开。店家的玻璃门上贴着几个超大的红字——成美理发厅，既是店名又像图案。透过笔画空隙望进去，4把老理发椅总躺满了顾客，师傅们聚精会神地干活，头也不抬。一回又一回的匆匆一瞥，让我的好奇心愈来愈强。自从100元快速剪发店风行全省之后，老式理发店越发难以生存，这家店生意为何如此火红？

自从离开故乡，我就再也不曾踏入传统理发店，那天硬是中途下车走进去，没想到竟体验了这辈子最舒服、感受最深的一次理发。75岁的店主陈义雄虽已白发苍苍，但气血红润，手脚利落。他童年时家境清苦，放过牛，做过长工，还下矿采过煤。熬了一段黑暗的苦劳，家人劝他，身子薄弱最好去学理发，他才在18岁那年前往台北，在大稻埕永乐市场旁当学徒。5年后返乡租屋开店，35岁攒够了买房钱，从此终于不必再搬迁。也就是说，这间理发厅已经在这儿40年了。

太太跟着他独撑几年后，有位也姓陈的伙计加入，到现在已待了35年。儿子原本念空军士官学校，结束12年的军旅生涯后回到家里继承父业。两个孙女就在店里玩儿，媳妇则在理发厅后面的厨房内准备午餐。小小一家理发店三代同堂，老板伙计如亲人，店家主顾像老友，工作场所就是他们的家。

3位师傅都把理发当大事，动作利落优雅，一丝不苟，那份敬业的态度让顾客自然而然地尊重他们，欣赏他们。我享受了剪发、修面、掏耳朵、洗头、敷脸的全套服务，舒服到快睡着时，一个妇人扶着失智的老父走进来，留了个手机号码，请师傅理完发再通知她，随即放心离去。看来，这个理发店还是左右邻居的临时托老所。

不知不觉就到了中午，我满意至极地掏钱付账，准备找家馆子吃饭，陈老板竟盛情邀我留下来吃便饭，说这是他们家的传统："早年附近山民来一趟路途遥远，经常会错过回家用餐时间，所以每到中午我们都会留客人共餐，有时还不只两三位呢！"说是便饭，菜肴却相当丰富。看着满桌的鱼、肉，我脱口而出"我茹素"，媳妇立刻切了一盘色拉笋，老板娘也动手从罐子里挖了一碟豆腐乳。老板还显得有点不好意思，指着两盘青菜，急促地说："尝尝看，地瓜叶和高丽菜都是自家种的，很新鲜！"

满心感动地向陈家三代道别时,我才发现,这个头理了足足两个钟头。稀罕的不只是他们的手艺,还有那份珍贵的人间至情!

(摘自《读者》2021年第9期)

朴实宽厚如黄土大地

李 军

> 我一生没做过见不得人的事。凡是怕人知道的事情就不做，应该做的事就不怕人知道，甚或知道的人越多越显得这事该做……
>
> ——陈忠实

1981年春天，《长安》杂志搞了一次业余作者座谈会。因为发表过几首小诗，我应邀参加。当时陈忠实也是业余作者，坐在我对面的长条凳上。在众多的业余作者中，他看上去是最年长的，实际上当时他还不到40岁。他沧桑的脸上皱纹纵横交错，一双深邃的眼睛炯炯有神。我起初以为他是一位农民作者，我旁边的一位朋友介绍说："那位老兄叫陈忠实，发表过短篇小说。"在当时的西安文学圈，发过小说的业余作者多如牛毛，所以当时的陈忠实不算有名。编辑老师们在谈文学创作的时候，有很多作者提问题，大家交流得十分热烈。陈忠实始终没有说话，腿上放了一个黄书包，一直不停地在做笔记，态度非常认真、虔诚，那神情很像一个正在记账的生产队会计。中午，编辑部招呼大家在一个大排档吃粉汤羊血泡馍。因为人多，里边坐不下，我们一人端一碗在路边蹲着吃，一片吸溜吸溜声。不知是谁说了声："这咋好像是进了养猪圈！"惹得好几个人笑喷了出来。大家的吃相不好，但吃得都很香。当时的主编是诗人子页，贾平凹是小说组的编辑，他们算是这个活动的组织者，所以不停地招呼大家，一碗不够再整一碗。那个年代，吃一碗粉汤羊血泡馍就和过年一样，大家吃得神采奕奕。其间几个业余作者高谈阔论，陈忠实依然沉默不语，斜挎一个黄书包，蹲在路边很专注地吃着泡馍。大家都叫他忠实，从和大家断断续续的交谈中我才知道，他当时虽然是业余作者，实际上已经是西安郊区（后改为灞桥区）文化局副局长。那是一个文学至上的年代，我们对一个作家的崇敬远远超过了官员。

第二年冬天，我听说忠实进了省作协成了专业作家。当时陕西的文学创作气氛很浓厚，经常请一些文学大家来讲课，每次听课都是人山人海。我在人民剧院听老作家萧军和刘绍棠讲课的时候还碰到过忠实，他一如既往地认真听、仔细记。当了专业作家还如此认真谦卑，可见陈忠实是一个不一般的人。20世纪80年代末，我在西安《女友》杂志社工作，因为工作上的事情，我经常往作协跑，和陕西有影响的作家们打交道也比较多，他们基本上都给我们杂志写过稿，唯有忠实例外。我与忠实常常见面，却很少聊天。我没有向他约过稿，他也没有给我们写过稿。忠实先生属于冷峻讷言的人，高兴了和你聊上几句，不高兴了理都不理你。甚至有人一句话没有说对，他一声"滚"，就直接把人家赶了出去。当时路遥、平凹的声望如日中天，京夫、高建群、杨争光的小说也频频获奖，陕军作家群气势如虹。而在一段时间里，忠实并没有什么力作问世。可以感觉到，他当时的压力应该很大。后来他就干脆住在乡下搞创作，在很多他应该出现的场合里我都没有见到他。一次我在作协开会碰到忠实，我说："最近见不到你，是不是在偷偷整什么大部头？"忠实平静地说："没有没有，就是在乡下寻个清静，读书学习呢。"依我当时对忠实有限的了解，他像一个勤劳的农夫，默默播种、精心耕耘，从不张扬，从春到夏，从夏到秋，只要到了收获的季节，一定会有金灿灿的果实。

他刚直、质朴、隐忍、坚守，在自己生活的土地上勤勤恳恳地劳作，用自己的秃笔记录着关中平原上一个又一个时代波澜壮阔的历史画卷，如同一个时代忠实的书记官。

经过两年准备、四年耕耘，1992年，《白鹿原》悄悄问世，很多朋友，包括忠实自己也没有预料到，《白鹿原》出版后的影响力会像涨潮的海水，悄悄地来、慢慢地涨，且一浪高过一浪。20多年来只见涨不见退，时间的潮水反而将它冲洗得更加坚实、纯粹。一次聊天时，我问陈忠实："《白鹿原》和你以往小说的风格有很大不同，当时你是咋设计结构的？"陈忠实想也没想就说："没有想啥结构，当我写下小说开始的那句话——白嘉轩后来引以为豪壮的就是娶了七房女人——我就找到了整部书的语言结构。"这样听似简单的回答，实际上包含着陈忠实精耕细作、深思熟虑的过程。

《白鹿原》的巨大成功，并没有改变陈忠实的生活轨迹，6年呕心沥血写成的50万字的巨著，1.5万元的稿费（据说后来版税又给了8万）也没有改变他生活的状况。他依旧抽着雪茄——听起来似乎"高大上"，实际上是几块钱一包被称为农民烟的工字牌卷烟。有人见了和他开玩笑说："你现在是名人了，怎么也要抽个古巴雪茄之类的。"陈忠实很认真地说："我就习惯抽这烂尿烟。"

20多年来,《白鹿原》的电影版权经过无数次转手,倒是带给了陈忠实一笔笔比小说稿费多得多的收入。

1995年,陈忠实当选陕西省作家协会主席,不久又当选中国作协副主席,他依然我行我素,但行政事务还是占用了他很多时间。他面冷心软,因为他的名气,找他写序、题字的人络绎不绝。很多时候,他还是磨不开面子。这些可能也是后来他再难有好作品问世的原因。听说陕西省委曾准备让他兼任省文联主席,他坚决不干,领导找他谈话说:"如果任命了,就要干。"他说:"如果任命了,我会让你下不了台,以后面也见不成。"

陈忠实是个唯下不唯上的人。对业余作者,他反而表现出少有的耐心,很多业余作者的信他都亲自回或者交代《延河》编辑们回。我们杂志当时搞过几次业余作者笔会,好几次他都推掉官方活动来参加我们的业余作者见面会。记得他在一次会上说过:"我们这一代作家能取得一些成绩,是与我们陕西老一辈作家的培养、扶持分不开的。文学需要传承,所以参加我们业余作者的活动是我义不容辞的责任。"

对上,横眉冷对上级领导;对下,披肝沥胆悉心回报读者。这就是生、冷、蹭、倔的陈忠实,这就是粗犷浑厚、大气磅礴的陈忠实。

2016年春节联欢晚会上,谭维维一曲高亢激昂的混搭摇滚华阴老腔《给你一点颜色》感动了不少听众。很多人也许不知道,由老腔艺人唱的歌是陈忠实为话剧《白鹿原》写的。在此再回味欣赏一下:"他大舅他二舅都是他舅,高桌子低板凳都是木头。太阳圆月亮弯都在天上,男人笑女人哭都在炕上,男人下了塬,女人做了饭,男人下了种,女人生了产。娃娃一片片,都在塬上转,娃娃一片片,都在塬上转。"这段歌词借鉴了关中地区流传已久的民谣,并加入了作者对于关中农民生活场景的模拟及概括。我们可以感受到一位小说家对生活细节的超强观察力，以及他对人生深沉的感悟。

这虽然是很多年前的往事，但今天想起来依然温暖，还如昨日一般。斯人已去，音容笑貌仍存。陈忠实离世后，国家主席习近平、总理李克强等数十位中央领导，都送来了花圈并深切悼念，而普通读者对忠实先生的悼念活动更是一浪高过一浪。在悼念活动的消息不断被刷屏的过程中，我们看到千千万万读者对一个农民般的作家高贵而伟大灵魂的怀念和追忆。忠实走了，但精神不死，正如他所言："文学依然神圣！"因为他把《白鹿原》永远地留给了我们。

（摘自《读者》2016年第12期）

不惧孤独，才能翻阅故宫
马未都

我喜欢故宫。早年，我热爱摄影，故宫的每一个角落都泛着古老的光辉，都在楚楚动人地诉说着诱人的故事。这种诱惑，至今想起来仍令我心旌荡漾。

但故宫对我还有更大的诱惑。年轻时的我，不知为什么突然喜欢上陶瓷。那时好像除故宫之外，没有任何古陶瓷展览，相关的书也只有一本《中国陶瓷史》。恰好又赶上故宫向公众开放，可随时买票进入，故宫的展览就成了我的教科书。那是一本真实博大的专业书籍，每时每刻都在向你展现辉煌的历史。

展灯总是不亮的，大量的日光灯管都在超期服役，累得一闪一闪。隔着玻璃看陶瓷已是没辙的事儿了，再加上不给力的日光灯，对我这样如痴如醉喜爱陶瓷的人来说，未免有些残酷。在漫长的一段时间里，这种状况都没有改变。

我只好自己想办法——狠狠心，买了一个三节电池的手电筒。当摁住开关，一束银白的光照在想看的陶瓷上时，我兴奋异常，大有擒获猎物之乐。

我从来没见过陶瓷馆的工作人员动作如此敏捷，一个箭步，飞身站在我的身边，大声呵斥："你要干什么？"我心虚地说："我看不见！"工作人员说："这不是看得见吗？用手电筒干吗？"我只好解释："你所说的看得见是指东西还在那里，是你们的职责；我所说的看得见，是要看清楚每一个细节。"

工作人员狐疑地说："看细节干吗？"我无法向他们说明看清细节对我的重要性，也无法向他们解释清楚——那时还不好意思说自己在收藏，需要比对。

记住每一个细节是陶瓷鉴定的基本功，但在无人交流的年月，记住细节是一件奢侈的事情。有时候我自以为记住的细节，一碰到具体问题又立刻变得模糊起来。这时，我只好又跑进故宫，再次翻阅这本大书。

记得有一年冬天，我在陶瓷馆看见一件展品，心中大喜。我叫来工作人员——那时已和他们混得很熟——我说："这件展品被人动过了。"她诧异地说："这不可能！"我又说："你最近肯定没上班。"她想了想："我休了一星期病假。"然后她迫不及待地打了个电话，回来惊讶地说："是动过了，前些天拿去拍照。你是怎么知道的？"此时的得意只有我知道。

那时的展览，既看不见底部，也看不见背面，很多瓷器本身也没有背面，哪面都是正面。看不到另一面，成了我的心病。我每次都竭尽全力在柜边柜角窥视，却常常无功而返。天赐良机，让我看到了这件藏品的另一面，是因为拍照后放回时，原来的背面成了正面！

文明的坐标清晰地标出人类的进程。故宫的每一件文物都在向后人诉说,我们的先人有过怎样优雅的生活,有过怎样辉煌的文明。我们在故宫,不仅能看到这些,只要静静地去听,还能听到一个伟大民族自豪的声音。

(摘自《读者》2021年第9期)

今晚，他们不会为水担心

温 飞

林 州 往 事

那些关于林州的往事，无法不让人耿耿于怀。

晋冀豫三省相接的省界线在河南境内形成了一个接近90°的角，这个角的一条边是漳河的河道，另一条边是太行山的绝壁，两边框住的地方就是林州。

山岭环绕之下，林州以一块小小的盆地接纳了择居于此繁衍生息的人们。

但并非所有的盆地都是膏腴之地。在这个地方，干旱的印记更为蚀骨铭心。翻开林州县志，这几个字眼总是反复出现：旱！大旱！连旱！凶旱！亢旱！

而紧跟在"旱"之后的记录,"人相食"3个字更让人脊背一凉。

林州境内立着很多明清时期记录旱灾和饥荒的石碑,数百年岁月变迁,灾荒的景象却几乎没有改变。在林州,还有这样一个故事常常被老人们在茶余饭后讲起：

1920年大年三十,桑耳庄一位叫桑林茂的老汉走了20里路,排队等了一天,终于从山里挑回了一担水。临到家时,儿媳妇不小心打翻了这来之不易的两桶水,然后,默默地上吊自杀了……

这些不堪触碰的记忆,如同黄土地上被太阳暴晒生出的裂痕,埋藏着无穷无尽的苦涩与伤痛。

千年旱魔

"天旱把雨盼,雨大冲一片,卷走黄沙土,留下石头蛋。"这首在林州传唱的民谣透露了这里干旱缺水的原因。

被太行山四面合围的林州,西侧是城墙般高耸的崖壁,东侧是散乱的低山丘陵,中间虽有一块盆地,但盆底自西而东倾斜,无法蓄积雨水,林州境内又广泛分布着如漏斗般的石灰岩,难以形成隔水层,故而地下水资源也相当匮乏。

盆地南北两端虽有几条河流,但因为河床坡度大,河水流径极为短促。况且,它们都是季节河,冬春两季时常干涸断流,可一旦到了汛期,倾斜的地表会让集中降落的雨水迅速汇集成山洪,淹没良田,冲毁房屋,而洪峰过后,除了水土流失,什么都没有留下。

林州的困境,决不能用"一走了之"来解决。我们没能见识三皇五帝时的大禹治水，也未曾目睹战国末年李冰兴修都江堰，但是有一代中国人却亲历了另一个近乎完全用人力建成的水利奇观。

1957年12月，时任林县（1994年撤县设林州市）县委书记的杨贵，在中共林县第二届代表大会上发出了"全党动手，全民动员，苦战五年，重新安排林县河山"的号召，期望通过水利建设，5年基本改变、10年彻底改变林县干旱贫瘠的面貌。

那是一个群情激昂、百废待兴的年代，人们充满了建设祖国的渴望与热忱，这句带着强烈时代印记的口号，也地动山摇般触动了林县人的内心。

实际上，1956年前后，林县就已经展开了大规模水利建设，为数众多的池塘、水库、深井、灌渠等纷纷落成，但人们还没来得及看到自己的劳动结出硕果，1959年的一场大旱，就突然打破了所有的美好期盼。

天不下雨，地不出水，池塘和水库都在断流中干枯了，一切似乎又回到了原点。

林县，需要的是一条河，一条真正长流不息的河。只是，这条河，从哪里来呢？

劈开太行山

前往红旗渠的路上，所有村镇的屋顶都插着红旗，无论是谁，眼见这一展展随风飘扬的五星红旗，振奋之情都会油然而生。

红，是贯穿红旗渠的主色调。这是凝聚人心的红，也是热血灌溉的红。

我们走在红旗渠的堤坝上，与缓缓流动的渠水一道盘桓回转于陡峭的山壁间。

在视野开阔的地方回首眺望，山腰的水渠、山脚的公路和谷底的河流并行延伸，渐渐隐没在层峦叠嶂之中。

我们知道，红旗渠的源头就在这望不到边的山峰后面。

从太行山西麓劈山绕谷而来的浊漳河，在林县的最北端一掠而过，这是一条水量充沛的大河，如果能把浊漳河的河水引入林县盆地，困扰林县的旱魔就可以得到彻底解决。

难点是，这水从哪里引。

浊漳河素有"九峡十八断"之说，"断"是当地方言对"瀑布"的一种称谓，十八断就是十八个大台阶。经过层层跌落，当河水抵达林县境内时，水面海拔已经远低于盆地内大部分耕地的海拔。所以，如果想从最近的地方引水，只能用水泵将水抽到高处，但这种方案的维护和运行成本都太大。

最理想的办法是利用地势，让河水在重力作用下源源不断地流到林县的各个角落，一劳永逸地实现"引漳入林"的目的，以一代人的付出，造福子孙万代。

带着这样的信念，杨贵和他的同事们沿浊漳河溯源而上，经过多次测量和论证，最终将引水点选在了山西省平顺县境内的侯壁断，并将这一工程正式定名为"红旗渠"。

侯壁断海拔464.75米，比红旗渠渠线在林县境内的最高点高出14.7米，渠水将这14.7米的落差走完，需要在太行山的崖壁间盘绕70多公里。而要实现70多公里的有一个连续不断的坡度，就要保证每8公里的落差不能超过1米。

在崇山峻岭间凌空开凿这样一条水渠，其施工难度和精度，对20世纪60年代的林县人来说是无法想象的。

但60万乡亲都在翘首以待，他们有力气，有干劲，也有胆量，他们不怕困难，怕的是永远没有机会改变。"

从1959到1961年是国家的三年困难时期，大型工程基本不允许开展。可林县人等不起，他们决定自力更生，靠自己，上。

1960年2月11日，3.7万多人走进了太行山，他们不是专业工人，而是来自林县不同村镇的农民，父子相随，夫妻相伴，很多年轻人告别父母，背上棉被就独自上路了。

此刻，他们的身后没有荣光闪耀，只有一个沉重的嘱托："一定要把水带回来！"

备受期望又饱受争议的"引漳入林"工程，终于拉开了序幕。

我们在红旗渠听到很多艰苦奋斗的故事，每一处断壁，每一个隧洞，都有一段让人肃然起敬的往昔。我们擦肩而过的那些山石，往往都曾有人洒过鲜血。

红旗渠一共修了10年，塌方和落石夺走了81位建设者的生命，其中有60岁的老人，也有17岁的少年。

而除了猝不及防的事故，捉襟见肘的后勤供应是修渠人所必须面对的另一个考验。

红旗渠破土动工的时候，波及全国的自然灾害仍在持续。在全国都"勒紧裤腰带过日子"的时代背景下，林县所能获取的物资和技术支持也必然十分有限。

人们手上没有高精度的测量设备，全县的两台测量仪和一台水平仪远远不能满足测绘所需。

一个被称作"水鸭子"的古老仪器被带上了工地，这个由三块木板两根线外加一个水盆拼成的土装备，却量出了红旗渠70多公里的分毫不差。

自食其力，不等不靠，林县人民从来都没打算等、靠、要，资金不足自己筹，工具紧缺自己做，石灰、水泥自己烧，炸药用完了自己造，粮食不够吃就用野菜和水草充饥……开凿创业洞时，是最为艰难的一段时间，喝米汤，睡石缝，地为席，毫无怨言。一锤一锄，一锹一镐，凿出了内心绝不放弃的写照。

施工难度最大的青年洞是红旗渠的咽喉工程，说难，是因为必须在垂直的绝壁上凿出一个600多米的隧洞，漳河水才能最终进入林县。

而这600米，是血肉之躯与石英砂岩的对抗。

1960年11月，红旗渠接到指令，因自然灾害和经济原因暂停施工。可修渠的人们不愿意轻易停下，即使口粮供给没有保障，一支由300名青年组成的突击队还是悄悄地来到山崖前。8个月后，在这群年轻人背水一战的咬牙坚持下，隧洞顺利凿通。这是一个全部由青年人攻克的难关，青年洞也因此得名。

漳河水穿山而来

很多时候，数字更能说明那些看不见的努力。

为了建设红旗渠，前后10万人投身其中，削平山头1250座，凿通隧洞211个，架设渡槽152个，修建沿渠建筑物12408座，挖砌土石方1515万平方米。

修筑干渠、分干渠10条，总长304.1公里；支渠51条，总长524.1公里；斗渠290条，总长697.3公里；农渠4281条，总长2488公里。

挖出的土石假若修成一堵宽2米、高3米的墙，则可以从广州一直修到哈尔滨。

1965年4月5日，红旗渠总干渠建成通水；1966年4月，一、二、三干渠同时竣工；1969年7月，所有干、支、斗渠配套工程全部完成。

当闸门开启，漳河水滚滚而来时，无数人喜极而泣。

至此，56.7万人口、37万头牲畜和54万亩耕地，将彻底告别干旱缺水的历史。

这个世界有很多种改变，每个角落都会发生一些不寻常的事情，与命运死磕到底的抗争，却始终能打动我们。太行山修渠人的故事不仅鼓舞着中国人奋发图强，也在世界范围内引起震动。

"自力更生、艰苦创业、团结协作、无私奉献"，红旗渠留给世人的精神财富，也正是蹒跚学步的新中国在内外交困的环境下，逆势生长的原因。

建设中国的路很长，阻碍也很多，但纵使还有比太行山更为坚硬巨大的困难，也必然有新一代的青年点亮开山破壁的火炬。

夜晚我们开车穿过林州，城市的灯光璀璨中带着一份自然祥和，高楼比比皆是，每一扇透着灯光的窗户后面，都有一个小小的家庭。

今晚，他们不会为水担心。

（摘自《读者·庆祝中国共产党成立100周年特刊》）

植物猎人

莫小米

一株雅美万代兰，长在高高的悬崖上，峭壁与地面形成九十度夹角。那粒种子，应该是被飞鸟衔上去的。

雅美万代兰濒临灭绝，全世界仅剩二三十株。相比之下，这一株是最容易采的。但即便可以像猴子一样在树上攀缘的他，也觉得相当困难，上去花了一小时，小心翼翼地将它捧在手心，站在最高处抽了五六根香烟，才鼓足勇气带它下来。

他是植物猎人洪信介。

阿介，台湾南投县人，那里山高谷幽，是著名的兰花之乡。他是家中最小的孩子，从小就上蹿下跳，不爱读书只爱玩。

十七岁时，阿介遇到一位兰花商人，卖出了几株比较少见的兰花，赚来的钱在当时能买一辆新的机车。

尝到甜头后，家境并不富裕的阿介，就成了以挖野生兰花为生的"采花大盗"。

在山林中容易迷路，一次阿介因迷路在山上待了十几天，住山洞，吃死掉的鹿和山羊的腐肉，甚至烤蚱蜢吃。

这样出生入死采来的花，渐渐地，他也舍不得卖了。他买来很多植物图鉴，不仅收藏，还能整本背下来。

阿介在小兰屿岛找到了一种稀有的兰花，叫桃红蝴蝶兰，是被公认已经绝迹的物种。有商人出高价求购，阿介就是不放手。他租下一个九千平方米的园子来养植物，最多时有三千多种。阿介因此变得很穷，只能到处打零工，赚的钱拿来养植物，有时自己都没钱吃饭。

直到四十四岁，他才有了第一份稳定的工作，成为辜严倬云热带植物保种中心的植物猎人。

阿介进保种中心也并非一帆风顺，因为只有初中学历，他被国际合作基金会拒绝了两次。团队的其他成员都是植物学博士、硕士，书本知识丰富却缺少实践经验，采集到的植物数量实在无法令人满意，而阿介加入的第一年，就采集到一千五百种濒危植物，超过了其他工作人员采集量的总和。

"植物猎人"这个称呼，最早出现在17世纪的欧洲。当时的植物猎人将珍稀植物从遥远的美洲带回英国，但那个时代的植物猎人，更多是受利益的驱使。

阿介年过不惑仍没有成家，他说："结婚是要负责的，我太爱采集植物了，有一天我也许会死在山里。"

他说："在社会中，我是很穷困潦倒的。森林里面最适合我，让我有一种既梦幻又富有的感觉。"

阿介哪里是什么植物猎人,分明是植物爱人啊。

（摘自《读者》2021年第9期）

与时间赛跑

金台环环

黄锡璆

2020年1月23日13时06分,中国机械工业集团下属企业中国中元国际工程有限公司(以下简称"中国中元")收到了一封加急求助函。函件的发出方为武汉市城乡建设局,他们请求中国中元对武汉市建设新型冠状病毒肺炎应急医院给予支持。

一个小时后,2003年设计制作的小汤山医院"非典"病房建设图纸传到了武汉。这份图纸正是出自中国医疗建筑设计泰斗黄锡璆之手。

1月24日上午,年近八旬的黄锡璆在工作人员的搀扶下走进会议室,一进门他就急着查看火神山医院布局图。他还带来了自己手写的"请战书",里面写着:"与其他年轻同事相比,家中牵挂少,具有'非典小汤山实战经验。"

临危受命建"非典"病房

从业的50余年中,黄锡璆累计完成全国各类医院工程设计200多项,是国外同行一生成果的5至10倍。在这些工程中,不得不提的就是小汤山医院"非典"病房。

2003年4月23日,北京"非典"病患人数剧增,医院病房床位不够用,医务人员也出现了感染。北京市住建委连夜部署,由北京住总、北京城建、北京建工、中建一局等北京六大建筑集团公司合力抢建小汤山"非典"定点病房。

当时,62岁的黄锡璆眼疾尚未完全康复。接到通知后,他带病坚持连夜手绘出设计草图,"没有第二种设计方案,没有多余的时间"。

那时,他每天都奋战在第一线,忙碌到深夜,有时到家已是凌晨3点多。但无论忙到多晚,翌日早晨8点,他又准时来到小汤山建筑工地。施工现场没有桌子,黄锡璆就蹲在马路边画图纸。

当年,受场地和材料限制,"非典"病房每一阶段的设计图纸都有所不同。为了尽快出图,黄锡璆带领设计团队24小时接力画图。"设计团队有30多人,现场7000人等着我们的图,大家都很着急。"

在非常时期建设一座病房,是一项特殊的使命。上级要求三天三夜完成任务,但黄锡璆认为,在这样短的时间内建成的病房无法在隔离、通风、防止交叉感染等方面达到烈性传染病病房的标准,也会对医务人员的安全造成重大威胁。为此,他坚守原则,一次又一次地与相关单位和部门沟通。

最终，经过七天七夜的努力，设计团队交出圆满的答卷，一座高标准的"非典"专科医院拔地而起。

小汤山医院在之后的两个月内收治了全世界十分之一、全中国七分之一的"非典"患者，治愈率超过98.8%，1383名医务人员无一感染，做到了患者治愈高、医务人员零感染，为北京市有效控制"非典"疫情发挥了至关重要的作用，更被世界卫生组织的专家称为"医疗史上的奇迹"。

虽然这个仅使用了51天的病房已于2010年被拆除，但在当年，小汤山医院"非典"病房的影响力非常大。

归国参加祖国建设

黄锡璆出生在印尼一个华侨家庭。父母为他取名"锡璆"，是希望他能平安吉祥、怀瑾握瑜。

20世纪四五十年代，印尼政局不稳，时有动乱，当地人经常抢劫中国人的商店，华侨成为寄人篱下、低人一等的"海外孤儿"，这让幼时的黄锡璆对"家"和"国"产生了强烈的向往之情。

1949年10月，中华人民共和国成立，一批又一批爱国青年北上归国。

本来，黄锡璆的父母希望儿子能够留在印尼，继承家业。黄锡璆却说："祖国获得新生，年轻人应该回国学本领，参加祖国建设。"

1957年5月，正在上高中二年级的黄锡璆泪别父母，在海上漂泊了五天五夜后，终于来到悬挂着五星红旗的深圳。"入境了！到祖国了！"随着人们的一声声高喊，黄锡璆也兴奋不已——终于踏上了祖国的土地！

后来，黄锡璆被安排进入南京五中，插班读高二，并在1959年考入南京工学院（现东南大学）建筑系。正是在这里，这位建筑大师开启了自己的职业生涯。

当时南京工学院建筑系人才济济，有和梁思成并称"中国建筑四杰"的杨廷宝、刘敦桢、童寯老教授，以及多位国内知名的建筑大师。

黄锡璆后来回忆："老师们的治学精神对我影响很深。有很多老教授是退休后又回来授课的，像童老就给我们上过博物馆设计课。我在这种环境中受到熏染，立志要向老师们学习。"

大学毕业后，黄锡璆进入第一机械工业部第一设计院（中国中元前身），一待就是一辈子。"我们那个年代，在毕业分配时强调服从祖国需要。祖国的需要，就是我们的第一志愿。对我而言，只要能学以致用，到一个可以发挥自己专长的地方就好。"

1964年，国家开始三线建设。领导看黄锡璆是归国华侨，想让他参加北京的建设项目，但黄锡璆坚持要到艰苦的第一线去。

他曾在车间开车床，在农村插队时插秧、挑粪，还曾穿着粗布工作服做装卸工，每天参与装卸几十吨的货物……

1984年，黄锡璆在比利时鲁汶大学留学

干活的同时，黄锡璆还不忘自学英语，这也为他后来去欧洲留学打下了坚实的基础。1984年，43岁的黄锡璆被公派到比利时鲁汶大学留学两年。

鲁汶大学不仅是比利时最好的大学，在整个欧洲也名列前茅，而且在生物学、医学、建筑学等领域处于领先地位。最后，黄锡璆选择了医疗建筑方向，"不管社会怎么发展，医院总归是需要的"。

在大学里，已逾不惑之年的黄锡璆像一块海绵，每天泡在图书馆，疯狂学习。作为公派留学生，毕业时本是没有文凭的，但黄锡璆的勤奋被导师看在眼里，于是帮他争取到了读博士的名额。

读博期间，别的同学放假时到处旅游，黄锡璆却泡在图书馆不肯出来。"其实，我们学建筑的也喜欢参观建筑、看风景，但因为时间比较宝贵，希望能多学习阅读、多做分析研究，争取把学位拿到。如果拿不到学位，回来怎么跟单位交代？怎么对得起单位、对得起国家！"

1987年，黄锡璆终于拿到了鲁汶大学的博士学位。他也成为我国第一个专门研究医疗建筑的留洋博士。

学成之后的黄锡璆没有选择为他提供优渥待遇的比利时、美国、新加坡等国，而是义无反顾地回到了祖国。他还极力劝说其他同学也尽量回国："我们出来留学的费用相当于好几个农民几年的收入，国家花了这么大代价培养我们，我们应该回去为国家做点事情。"

当年，别人回国带的都是"三大件"，黄锡璆的10个行李箱里却满是珍贵的学术资料。另外，他还背回来一台在当时非常稀少的幻灯机，那是他用省吃俭用攒下来的留学津贴为单位买的。

拒绝百万年薪

令人遗憾的是，满腔热情、满腹经纶的黄锡璆在回国后的很长一段时间里无事可做。

改革开放初期，中国的整体医疗水平与国外相比差距较大，医疗建筑的设计理念还十分落后，黄锡璆提交的医院设计方案常常得不到采纳，甚至有人质疑："你一个机械行业设计院出身的设计师，能做好医院项目吗？"

黄锡璆没有退缩，既然大医院不相信他，就从小医院做起。他跑到偏远地区找业务，无论项目大小，都认真对待。后来，他设计的金华市中医院不仅获得机械工业部优秀工程设计奖，还被誉为"南国江城第一院"。

就这样，在艰难的设计环境中，黄锡璆从小项目一步一步向自己的理想前进。

终于在1992年，黄锡璆挂帅设计了佛山市第一人民医院。医院建成后，宽敞的门诊大厅、多通道式影像中心、生物洁净手术部、下沉式广场、自动扶梯、200多个车位的地下停车库等设施，当时在国内都是首例。

尤其是宽敞的门诊大厅，在当时被不少人批评"太浪费了""国外也没有这么大的门诊大厅"。但曾多次到各级医院调研的黄锡璆认为，国外的医院与我国的不同，国外医院多为预约制，挂号队伍排到医院门外的情况很少见。

如今，28年过去了，事实证明，他的设计很好地解决了门诊大厅人满为患的问题，这样的理念很有先见之明。佛山市第一人民医院成为中国现代医院的起点和标志性工程，黄锡璆本人也因此获得"中国现代医院奠基人"的殊荣。

从小做到大，从大做到强，黄锡璆把毕生的精力投入自己钟爱的中国医疗建筑事业，几十年勤耕不辍，奉献不止。他参与的设计项目获得了56个省部级以上的医疗建筑设计奖项。

黄锡璆所获的荣誉早已数不胜数：全国先进工作者、中国工程设计大师、梁思成建筑奖……但他说："我得到的荣誉很多，但实际上这些荣誉是得益于国家的发展。要不是国家的支持，我不可能出国深造，也不会设计出这么多医院。"

当年，小汤山医院"非典"病房建成后，他还曾建议将设计图纸无偿提供给多家慕名而来的地方传染病医院。"医疗建筑设计是大家共同的事业，只要新概念、新理论得到传播就好，至于谁得了名利，有什么关系呢？"

淡泊名利的黄锡璆，在生活上也简朴而随意。

曾有公司感叹于"黄锡璆"这3个字的品牌价值，想以百万年薪挖他，他断然谢绝了。

如今，黄锡璆早已是令人敬仰的中国建筑设计大师，但年近八旬的他仍默默耕耘在医疗建筑设计一线。

退休前，他的办公室里一直放着一个"随时待命"的拉杆箱，方便他"拎起包就走"。2001年他退休了，这个拉杆箱却仍在"服役"，即使现在，只要工作需要，他依旧随时"拎起包就走"。

黄老常说："我喜欢工作，只要国家需要、社会需要、单位需要，我愿意一直工作下去。"

（摘自《读者》2020年第6期）

为什么需要中国女排

杨 杰

有，且只有一支球队，能以这样的方式亮相——

2019年10月1日，中华人民共和国成立70周年典礼，中国女排成员乘着"祖国万岁"花车来到天安门前，向公众致意。

1984年，国庆35周年典礼，中国女排第一次现身国庆花车上。中国通过改革开放明确了方向，那一年的天安门广场上布置了一句流行的标语："团结起来，振兴中华。"

如今，没有哪支球队能像当年的中国女排那样让人如此疯狂。1981年，中国女排在日本首次夺得世界冠军，为她们庆功的中国驻日大使符浩赋诗说，"明日班师去，国门锣鼓喧"。回国不到一个月，这支队伍收到3万多封来信。

40年里，中国女排换了一茬茬队员，比赛成绩起起落落，但它始终不只是一个队名，也不单指向一种运动，而是一个能够鼓舞人心的名词。

经历了时代变迁的郎平形容："女排精神不是赢得冠军，而是知道有时不会赢，也会竭尽全力，是一路虽走得摇摇晃晃，但站起来抖抖身上尘土，依然眼中坚定。"

一

多年以来，郎平把她的目标说得很简洁："只要代表中国队参加比赛，我们的目标就是升国旗、奏国歌。"

中国女排近几年最受关注的赛事，是2016年里约奥运会，特别是在出师不利的情况下，对阵巴西女排的比赛。

北京时间2016年8月17日，里约马拉卡纳齐诺体育馆。开场只有一束幽微的光，周围昏暗，时任中国女排队长惠若琪看不清观众席，但从幕后跑出来亮相时，觉得十分亢奋。

中国女排在里约首战负于荷兰队。翻看历史战绩，中荷对战18胜6败，没想到在里约一出场，中国队就碰了钉子。最终，中国队以小组第四的成绩，提前碰上了东道主巴西队。

中国队与巴西队8年里交手18次，18连败。作为2008年和2012年两届奥运会冠军，巴西队此次在小组赛中五场全胜。即便是最乐观的人，也对中国队收起了笑脸。

比赛前一天，姑娘们照常列队跑步。年龄大的几个球员，早就知道以后没有机会参加奥运会了。年纪还小的队员说："我们以后可能再也不能在一起打球了，就把今天当成最后一次训练。"

一位远道而来的朋友提出想跟女排姑娘合个影。郎平犹豫了一下，"因为不想强化告别气氛"。那张合照中,所有人都笑了,除了朱婷。

朱婷那时已是中国队的得分王,对手猛攻的点,压力很大。她记得:"在奥运村,每天都有捷报,咱们的团拿了金牌、银牌、铜牌,不像大奖赛之类,最后才到金牌。那种感觉,也是无形中的压力。"

训练结束后,朱婷收到郎平的一条短信:"朱婷,我的弟子遍布世界各地,但你是最让我骄傲的一个。今天站在场上,你就是最棒的,加油。"

这位教练极少给队员发信息。屋里没人,情感内敛的朱婷看完就哭了。

打巴西队之前,郎平告诉队员,因为胜算不多,放开打,"咬它一口是一口""你巴西队想拿冠军得过我中国队这一关"。

直到事后,英国广播公司评论,这场比赛或许展现了排球最极致的一面。巴西女排在所有的数据统计中都优于中国女排,而在巴西球迷锲而不舍的嘘声中,郎平手下的这批年轻球员如何承受住了从未间断过的压力,几乎是个谜。

二

惠若琪站在对战巴西队的赛场,意识到这可能是自己在国家队的最后一场球。"大家一起打球是一种缘分。今天有可能是我最后一次帮你补位,你最后一次帮我传球。"

1995年出生于排球世家的张常宁只说了三个字:"就是干!"

龚翔宇站在替补席上,喊得撕心裂肺。"你想想,那个时候,全身的鸡皮疙瘩都起来了。"

中国队第一局大比分输了,巴西队势在必得。第二局开始,刘晓彤和张常宁上场,局势大为改观。"我没想到姑娘们表现得这么好,我就告诉她们，上去就给我像老虎一样，咬她们几口。"郎平说，"最后到了决胜局，巴西队的发球都倒转了，相比第一局时那种子弹一样的发球不知差了多少，证明她们的压力已经到了临界点了。"

刘晓彤，中国队的第四主攻，在第二主攻张常宁去打接应的情况下，顶住了主攻位。"光想着往前冲，没想过怎么往后退。"刘晓彤回忆道。

张常宁感觉自己打了职业生涯以来最好的一场球，当时不觉紧张，事后回看录像时，手心却在冒汗，"到现在都没有那时的手感"。她记得，进场时没看到中国国旗，一得分，国旗全部亮出来了。

当中国女排连续拿下第二第三局后，巴西队的球员慌了神，脸绷得紧紧的，挤不出一丝笑容，身经百战的谢拉、塔伊萨也开始主动失误送分。

比赛拉扯到第五局决胜局。谢拉发球失误，中国队拿到赛点。张常宁说："那完全不是她的水平，训练中让她发10次都不会失误，那次偏偏就失误了。"

14∶13，中国队领先。当巴西队发球时，郎平突然叫了一个暂停。

"当时想让大家静一下，把思绪拉回来，因为机会来了，往往会有不同的想法。这个时候更要专注在球上，而不是去考虑结果，因为比赛的结果瞬间可变。"郎平说。

"郎导先跟月姐（魏秋月）布置了一下最后一个球怎么打，然后转向我，让我准备后攻。我看了看月姐，发现她已经在看我了。直到暂停结束，到我们上场，在主裁判吹哨示意对方发球之前，我们俩什么话都没有说，只是对视，一直对视……"

事后朱婷回忆，她跟魏秋月"确认过眼神"。

"那是我打球以来第一次在场上感觉心跳得咚咚的，就快要炸了的感觉，因为那一分对我们来说实在是太重要了。果然月姐给了我后攻，其实我的上步、起跳，包括挥臂那一下，都是有点发硬的，但是我很坚决，这一分我要！"

加油声在球落地的一刹那收住了。转播镜头下，一位巴西小球迷的大眼睛淌着泪，捂脸在妈妈怀里痛哭。

英国广播公司说，这个小男孩的眼泪似乎提醒了我们，我们不需要知道那些细节来领略比赛的魅力。有时候，一场比赛所牵动你的，仅仅是它就像人生中必然会经历过的一样，你用尽了所有的力气，但是胜利仍然够不着。未来某一天，他或许能明白，这也是竞技体育美好的一面。

赛后，郎平在新闻发布会的一角换下已经湿透的衣服。她对记者们形容中国队的逆转："快'死'了嘛，精神状态肯定不一样。"

她往后看了一眼，"退一步，万丈深渊"。

快要离开时，她对记者说："不要因为胜利就谈女排精神，也要看到我们努力的过程。女排精神一直在，单靠精神不能赢球，还必须技术过硬。"

一位资深体育记者说，中国女排是三代才培养出的"贵族"，经历过浮沉，每逢大事有静气。"三大球里，别的项目为什么不像女排这样为人称道，因为他们没有取得过那么多次胜利。"

中国女排里约奥运会小组赛首战荷兰队便失利，在回奥运村的大巴上，郎平没说话。晚上开全队会，让大家总结是怎么输的。队员们列举了挺多原因，比如对方扣下来特别快，自己扣球紧紧巴巴，打死一个球很兴奋，没打好又犯嘀咕……

小组赛输了荷兰队之后，中国队与它在半决赛再次碰头。体育馆外，两支队伍的球迷相遇了，荷兰队支持者对身穿中国团队服的助理教练说，"我们第一场就赢了你们，我们赢定了！"

助理教练淡淡地回话："中国女排从来不会在一次比赛中输同一个对

手两次。"

三

备战里约奥运会的周期从2013年开始。自2004年雅典奥运会夺冠之后，中国女排有9年没有尝过站上最高领奖台的滋味。2008年北京奥运会，中国女排主场负于美国队，是近些年里国人记忆最深的败仗之一。

2008年，在改革开放30年之后，中国成了举办奥运会的东道主。48岁的郎平以美国女排主教练的身份回家乡征战奥运，和中国女排隔网相望。

美国女排淘汰中国女排，是北京奥运会期间最受瞩目的时刻之一。中文互联网上有人愤愤不平，骂郎平是"汉奸""卖国贼"，有人说她"实现了个人价值，失去了国家价值"。

那次比赛后，郎平跟她的朋友、中国奥委会副主席何慧娴通电话时说，比赛结束后，自己真不知道该怎么走出体育馆。她没想到，很多人冲她喊"加油"，没有遇到谁指责她为什么要赢中国队。

后来，美国女排打决赛时，全场观众都为郎平的球队加油。

"作为美国女排主教练带队回到家乡，我换了一个角色体会日益走向强盛的中国，更具包容性，更与世界接轨。"郎平说。

郎平经历过的中国人最想赢的年代。1981年，女排世界杯在日本举行，中国队七战七捷，夺得世界冠军，实现中国三大球的历史性突破。当时国家百废待兴，追赶世界潮流，中国人敞开国门难掩自卑，适逢女排扬了国威，全国上下都被女排"点燃"。次日，国内几乎所有报纸头条都在报道女排夺冠。当时红极一时的杂志《大众电影》，1982年3月的封面照片，就是女排队员周晓兰和电影演员龚雪的合影。一有比赛，工厂、学校、家庭，全都围着一台小电视，敲脸盆鼓劲儿。

郎平曾经总结，当时的中国女排，让国人"最直观地感受到我们中国人行"。

姜英在2018年年初回国，时隔30年与郎平再聚，彼此都改变了不少。15人的微信群成员有了各自生活，也有人永远离开了。移民澳大利亚的姜英，仍习惯性地把中国女排的微信公众号置顶。

她小时候练排球，每个人要写决心书，最后一句话都是，"为中国三大球翻身作贡献"。

分管过体育的国家领导人贺龙有一句话众所周知：三大球上不去，死不瞑目。

那时，老女排的早餐每天必须吃一个鸡蛋、一块黄油和一份牛奶。后来姜英不做运动员好多年，都不想再碰这些食物。

出国比赛，坐飞机时间稍微长一些，主教练袁伟民就让她们去机舱后面练蹲，只争朝夕。有一次比赛输了，姜英要哭出泪来，教练让她不许哭，赶紧憋回去。"要有尊严地走出去。"

郎平记得有一次连续练了7个小时，"不吃饭不喝水，练完之后，两个膝关节都是肿的。"7个小时的概念，是连续扣了1000多个球。

她的右手小拇指，当年拦网被打骨折，因为没有及时治疗而变了形。医生给郎平做手术时，发现她的膝盖已经老化到70岁的水平。

四

里约奥运会女排决赛时间是北京时间的上午，中国队打塞尔维亚队央视转播的收视率超过70%，是春节联欢晚会的两倍。

决胜的那个球，是惠若琪打下去的，就在24∶23的赛点。当时，张常宁发了一个好球，对方直接垫过网，惠若琪早有准备，起跳打了一个漂亮的探头球，慢动作下，她的肌肉在来回震荡。

"当时我脑子挺清醒的，不要打太狠，不要碰网，找没人的地方打，要抖手腕儿！这些要领平时训练时郎导说了太多次了，都印在脑子里了！"

看到球落地，替补席上的队友跑上来了，惠若琪愣了一下，才确认：我们是冠军了！

她1991年出生于殷实的家庭，父亲是老女排的粉丝，出于强身健体的目的让她去练排球。惠若琪也怀疑过，自己是不是真的喜欢这项运动。2012年伦敦奥运会，中国女排拿了第五名。最后一场球，惠若琪打得要虚脱了。"中间有很多机会，自己没把握住。队伍输球后，心里有一点害怕，陷入自我怀疑。责任已经大于喜欢了，打球没有那么开心了。"

自我否定、情绪低迷，打击她的还有伤病。她的左肩关节脱臼，埋了7颗钢钉，拉肩时她快把教练的衣服撕裂了。"肩黏住了，把它再撕开。"当时队医和教练都受不了，两个男人到门外去哭。

在备战世界杯的关头，惠若琪突然查出心脏有问题，要做手术。"第一次做手术的时候，我实在是太难受了，有一种对死亡的恐惧。我说我不做了，我这球不打了。"

作为队长，她缺席了2015年的世界杯。那次中国队时隔多年夺冠，队友把她的队服带到领奖台上。等她手术完，回归队伍，"我还是队长，但我是那个团队里唯一一个没拿过世界冠军的人"。

她恢复训练不久，心脏疾病症状再次出现。进行第二次手术，还是就此退役，她又一次面临选择，"我打了这么久，还要不要坚持，还去不去奥运会，做完手术万一不成功怎么办？"

她当时去找郎平，说自己不想打了，哭得稀里哗啦。郎平听完之后也哭了，说还有5个月，再找医生会会诊，还有希望，再给自己一次追梦的机会。

还没有穿着国家队的衣服站在奥运会最高领奖台，她最终决定再试一次。

在里约，制胜球落地后，惠若琪放声大哭，汗水使她的头发弯曲着贴在脸上。她先是捂着脸抽泣，埋头在队友的肩上，后来干脆仰起头，毫不掩饰地号哭。摄像机收进了哭声，世界各地的人都听见了。

那晚回到宿舍，大家给家人打电话。惠若琪的妈妈带着哭腔，说她爸爸躲在屋里，根本不敢看比赛，太揪心，怕她倒在球场上。

夺冠后，女排姑娘们在场地里疯喊，一路跑回休息室，路上见谁都喊，进到休息室里又挨个儿抱，有谁进来就一起喊："当当当当，我们是奥运冠军！"

"我们手拉手走向领奖台的时候，真有那种全世界就只有我们12个人的感觉。"杨方旭说。

"没有在异国他乡响起中国国歌更让人骄傲的事情了。"张常宁说，"决赛时中国球迷很多，全场大合唱。"

五

备战里约奥运会是郎平再次接触中国女排队员。她面前是一群90后了。朱婷生于1994年，生性腼腆。

她2013年第一次代表中国女排参加成年组国际比赛，广播里介绍2号朱婷时，观众席上掌声寥寥。第一个球扣死得分，她习惯性地按国家青年队的庆祝方式去跑圈，又被老队员拉了回来——国家队的庆祝方式是拥抱。

教练郎平接手国家队时十分犹豫，排管中心再三邀请，她都拒绝了。后来，她让助手订好了第二天从北京离开的机票，但追加了一句："票要买成可退的。"

老女排"三连冠"，郎平拿了7000元奖金自费留学美国。那时中国人的使命是实现"四个现代化"。在中国打基础的时代，年轻人迫切渴望进步，了解世界。

在一个没有什么人认识郎平的环境里，她安安静静当了几年穷学生。

1992年巴塞罗那奥运会是中国女排历史上黑暗的一页，只拿到第7名。郎平在3年后决定回国执教，率中国女排拿到过1996年亚特兰大奥运会银牌。

但将近20年过去后，郎平最终再次接下了任务，2013年5月，新组建的国家队进行第一次集训。所有队员都在期待那位明星教练以何种形式出场。

郎平早早来了，叫着运动员的小名，送上调查问卷：说说你的性格特点，谈谈你的技术特点，你认为国家队在里约奥运会周期的奋斗目标应该是什么，你能为球队作哪些贡献，你希望教练在哪些方面给你更多帮助……她全面启用新人，从各省队征调队员组建"大国家队"，耐心指导。她抠细节、训练强度大，能力强的先练完就能下课。有队员说，"她告诉你怎么练以及这样练的原因。突然发现，我怎么还有这么多要学的？"

惠若琪说，每周有两天连练10个小时。晚上8点训练完之后，8点30分吃完饭，8点40分进馆，练到晚上10点。治疗、洗澡、睡觉，差不多已是夜里12点了。第二天早上7点一刻起床再练。

有一次准备大奖赛,球员状态欠佳,郎平罚防守。大家以为罚单边防守,10个就结束。没想到直到累得已经爬不起来,郎平才开始计10个好球。很多队员回忆,那是练排球以来最累的一次,"防守的人都是被扶下来的,没有人能站得住"。

国外执教一圈后,郎平带回先进的机器和科学的训练方法。她注重饮食,叮嘱运动员要多吃蔬菜,时常在饭点转到她们身边,看餐盘里有没有绿色。她第一次训练完瘦弱的朱婷,就送了她一盒蛋白粉。

她不过分限制运动员的自由。1995年第一次回国带队,每隔一两周,郎平鼓励队员去看看电影,或者带她们去打保龄球。一旦走出国门,就招呼着队员参观名胜古迹,给她们时间购物。在她看来,优秀的运动员应该了解世界,要有较强的综合的素质,生活里不该只有打球。

六

中国女排在里约夺冠后,英国广播公司曾评价:小组赛负3场,以小组第4出线的中国女排在淘汰赛中将三个强大的对手巴西、荷兰和塞尔维亚一一击败,而且,每一场都展现出了"强大的精神力量"。

多年前,有外媒提到中国女排输球后的眼泪时说,"那种哭泣是让人害怕的"。

惠若琪认为,不是夺冠才有女排精神,而是不管处在高峰还是低谷都不会放弃。中国女排是"长期主义者"。

"对输赢的态度反映一个民族的心理素质。"郎平说,"接下来的东京奥运会,中国女排同样将去争取胜利。我们打的是人类精神,只要做了努力的尝试，输赢算不了什么。"

她重申了那个从未改变的目标：升国旗、奏国歌。

（摘自《读者·庆祝中国共产党成立100周年特刊》）

我的父亲

马 良

在我小时候，父亲很少和我说话。但他并不是不苟言笑的人，只是他有太多的工作要做、太多的事情要思考，以至在我的童年回忆里，父亲就是一个沉默的背影。这背影对一个孩子来说，充满了威严和距离感。当然有时他也会回头对我笑笑，我那时就会特别开心，觉得自己正一天天成长为他的朋友；但当他转过身时，我又会沮丧地觉得他面对的是一个我永远也无法进入的神秘辽阔的世界。前去探究那个世界的念头，一直深深吸引着我，如今想来，也许我走上今天的道路，只是为了追随父亲的背影，去见识一下他曾经面对的远方。

父亲从小练京剧武生，和电影《霸王别姬》里那些孩子一样，是吃了不少苦头的。虽然没有成为一个角儿，但他因为聪明好学最终做了一名导演。

父亲刚做导演的时候还不到三十岁。他在工作上的强悍作风是出了名的，在排练厅里是说一不二的人物，但下了班，他和门卫们称兄道弟，非常不"张狂"。他曾经悄悄和我说："这些叔叔都是我的师兄弟，练武生的一旦老了，受伤了，翻不成跟斗了，便只能被安排在剧院里做门卫。他们比你爹厉害多了，我倒是个糟糕的武生。"

父亲因为练童子功，身材长得不甚威武，比我矮一个头还多。他经常伸长了胳膊摸着我的头顶，半是骄傲半是遗憾地说："你瞧瞧我儿这体格，原本我一定是有你这样的个头的。唉，九岁就下腰拉腿，硬是没有长开。"对此我是深信不疑的。父亲和张飞是同乡，即便没长开，也还是个天生威猛的人，他扯起嗓子怒吼的时候，我完全可以想象张飞在当阳桥上三声喝的威力。有一次半夜警察来家里找父亲，那时我还小，害怕得不行，以为警察要抓他去坐牢，我妈也吓坏了，只有父亲表现出很不以为意的样子。结果人家是来道谢的，说是昨天父亲抓了个小偷送到派出所了。父亲回家竟没有和我们说。他这时才有些得意地说："昨天回家路上我遇见三个偷车贼。我病了这些年，怕打不过他们三个，于是发了狠，大吼一声，结果两个人当时就吓得屁滚尿流地跑了，余下一个腿软得竟站不起来，我便抓住了他。"警察们连声称奇，他倒谦虚："他们偷自行车的地方是后面大楼的那个过道，有回音共振效果，不是我的本事。"我们一家人这才笑了。

其实父亲是个标准的文人，不过就是有一副武夫的嗓子罢了。我12岁考美院前的补习冲刺阶段，糟糕的文化课成绩成了我考美院的最大障碍，我复习得很辛苦，也很吃力，几欲放弃。一天早晨睁开眼，我发现床头正对的墙上，贴着一幅父亲写的大字："有志者，事竟成，破釜沉舟，百二秦关终属楚；苦心人，天不负，卧薪尝胆，三千越甲可吞吴。"这话对我的激励作用很大，我后来便真的破釜沉舟、卧薪尝胆地考上了美院。父亲的书法特别好，笔锋奇特，自成一格，但于我更受用的是那些文字里的嘱托——一个父亲给在世间行路的孩子真正的指引。

父亲后来变得越发柔和了，而我则渐渐变得高大魁梧。几年前他病了，一天晚饭时突然从凳子上倒了下去。送医后，医院发了病危通知，他躺在床上陷入昏迷状态。我突然意识到也许我会就此失去他，想起他在来医院的路上，直直望着我紧锁双眉却口不能言的样子，我心如刀绞。到了第四天的晚上，他仍处于昏迷状态。我和姐姐轮流陪夜。那天是我陪通宵，窗外医院招牌的霓虹灯将一片红光映入病房，父亲一动不动地躺着，四下里悄无人声，只有呼吸机和心电监测仪的声音。医生说如果父亲再不醒来便可能再也醒不过来了，我整夜握着他的手，一刻也不敢放开。凌晨3点多，我伏在他耳边轻声和他说了很多话，心里想着也许他能听见，即使再也醒不过来也能听到。之后发生的一切，我一辈子都记得，仿若奇迹。

我突然感觉他的手特别温暖，那洒了一屋子的红色灯光竟也亮了许多。我突然有种奇怪的感受，昏迷的父亲，这位给了我生命的人，正在通过他的手，将他所有的暴烈的能量、他一生的信仰和热爱、他的智慧和学识，源源不断地传输给我、赠予我。那一瞬间，在我突然意识到这一切的瞬间，我激动极了，也害怕极了，激动于这样一种正在我想象里奔涌的不可思议的传承，恐惧于也许这一刻便是永别，他将一切尽数托付，便一去不回。我流着眼泪唤他，不知所措，叫得越来越响。慌乱间，我突然看见父亲睁开眼睛望向我，好像是为了一句答应，他不走了，他还要陪我们一家人活下去。我立即叫来医生，那一刻后父亲便苏醒了，一直在我身边，只是真的不再有暴烈的锋芒，不再发脾气了。我相信那一夜发生的一切都是真的，从此他成了一个特别和善的人，总是拄着一根拐杖，微笑着看我，像没有原则的土地爷爷一样慈祥。

父亲如今已经八十五岁，不复他壮年时期的男子气概，成了一个可爱的小老头，但也不服老，拄着拐杖跟我妈四处旅游。平日他还埋头写书，这几年里已经完成了几十万字的戏剧导演学著作，只是一直在修改，总也不舍得脱稿，说是必须对得起将来读书的人，不能因为自己的老迈而有所疏忽错漏。"我是不会在前言里抱歉地说这本书有很多疏漏之处的，那些都是客气话，做学问不能自己给自己找台阶下。"

前段时间，我发现父亲左手腕上并排戴着两块手表，便好奇地问他为什么，父亲笑说："没什么，它们都还在走啊，走得很好，我不忍心在它们之间做选择。"我听了禁不住要去抱这个老头子，真心想要拥抱他，好好感谢他，他总是润物细无声地将这些朴素温厚的情感指给我看，自己却浑然不觉。

（摘自《读者》2021年第6期）

我爱你，正如深爱莫高窟

敦煌研究院

自1944年国立敦煌艺术研究所成立至今，一批批有志青年满怀着激情和对敦煌艺术的热爱，纷纷来到莫高窟。

几代敦煌人的足迹里藏满故事，其中不乏或细水长流，或情比金坚的爱情传奇。

史苇湘、欧阳琳：一见钟情，一往情深

"在我三灾八难的一生中，还没有一次可以与初到莫高窟时，心灵受到的震撼与冲击比拟……也许就是这种'一见钟情'和'一往情深'，促成我这近50年对莫高窟的欲罢难休……"被称为敦煌"活字典"的史苇湘先生如是说。

1947年，女友欧阳琳已经到了敦煌，她形容初见敦煌的感受是"又惊讶，又感动"。一年后，24岁的史苇湘抗战归来后立刻赶到敦煌。

临摹并不容易。每一根线条看起来平淡无奇，真要落笔时，需要收起自己，才能体会千年前古人的良苦用心。稍有不慎，就与原作相去甚远。加之光线原因，不到一平方米的壁画临摹起来往往需要几个月时间。

史苇湘和欧阳琳就这样专注临摹40余年，不知疲倦，只觉得敦煌有画不完的美。

现已从敦煌研究院退休的敦煌学专家马德说："从事绘画的人一般都自称或被称为艺术家，而欧阳老师和她的同事们都自称'画匠'。他们心甘情愿一辈子做画匠，一辈子默默地从事敦煌壁画的临摹工作。"

他们没有计较过住的是土房子，没有为冰窖一样的宿舍介怀。相反，每天的白水煮面条、白菜和萝卜，没有油水、没有四川人少不了的辣椒，他们也能吃得津津有味。

他们给自己的女儿取名史敦宇、欧阳煌玉。欧阳煌玉回忆："有次我问我妈，苦吗？她说，水果好吃，也不觉得苦。"

孙儒僩、李其琼：爱是不问前程

2014年，敦煌研究院建院70周年。5月，在莫高窟的老美术馆里，有一场朴素的展览：心灯——李其琼先生纪念展。

1952年，27岁的李其琼从四川来到敦煌文物研究所美术组，主要负责壁画临摹工作。她是继段文杰之后，临摹敦煌壁画数量最多的画家。

展出的作品琳琅满目，更加引人注目的是一个背影——照片里，从梳着双尾麻花辫的少女到霜丝侵鬓的老人，李其琼面对壁画临摹了一辈子。

在她的丈夫，敦煌研究院保护研究所第一任所长孙儒僩眼里，"是光照千秋的敦煌艺术的伟大火炬点燃了她这盏心灯"。

如果没有当初孙儒僩给李其琼的一封信，她也许不会放弃可能留在八一电影制片厂工作的机会，远赴敦煌。

信中是这样写的："敦煌的冬天实在令人难以忍受。早上起床，鼻子上时常会覆盖一层霜，杯子和脸盆里残留的水，则结着厚重的冰凌……流沙对莫高窟的侵蚀已经到了难以想象的地步，它的瑰丽与神秘有一天可能会消失，而我就是要让它消失得慢一些……"

李其琼来到敦煌两周后，就与孙儒僩举办了简单的婚礼。两个人在土炕、土桌子、土凳子、土柜子组合而成的"家"中开始了他们的新生活——大多数时间，孙儒僩忙于治沙和加固石窟，李其琼则钻进阴冷的洞窟临摹壁画，不知疲倦。

樊锦诗、彭金章：这么远，那么近

"只顾事业不顾家"，很多人这样评价樊锦诗。

她20岁考上北大，时常晾衣服忘了收、晒的被子不翼而飞，才意识到自己需要人照顾。她最喜欢泡图书馆，彭金章比她早到，会帮她在旁边留个位子；她总在手腕上系块手绢，彭金章就送她更好看的；她是杭州人，彭金章从河北家乡带特产给她吃……

一个简单，一个质朴，碰在一起就是默契。

1962年，樊锦诗24岁，和同学到敦煌实习。

没错，敦煌是艺术殿堂，但这里没水没电，没有卫生设施，吃白面条，只加盐和醋。报纸送到手上时已经是出版10天以后，新闻变"旧闻"。

最幸福的儿科医生

胡展奋

最幸福的医生

郭迪，中国儿童保健学奠基人和儿童行为发育研究领域的创始人，享年102岁。他对奉献毕生的事业——儿科医生这样描述："做儿科医生是最幸福的。因为只要看到一个个孩子摆脱病痛，蹦蹦跳跳地站在你面前时，你就会有一种莫大的愉悦。儿科医生大多长寿，这得感谢孩子们，我们像他们一样无忧无虑地生活着，被他们所感染。"

2012年6月25日的上海有位老人去世了。102岁。期颐之寿，世称"人瑞"，寻常人家是要当作喜事来办的。只是，当社会各界向这位长寿老人告别时，在场的人们却无不热泪滚滚……

有没有一个人，八十年如一日地呵护、研究着中国儿童？

有没有一种学说，超前四十年指导中国儿童茁壮成长？

无论学术还是人品，这位老人都堪称时代巅峰。

他，就是中国儿童保健事业奠基者——郭迪。

最幸福的医生

熟悉郭迪的年轻人不多。但年轻人的家长却无不熟悉一张"性命交关"的表格："儿童生长发育保健卡"。

1个月：寻找声音。2个月：应答性发声。3个月：俯卧抬头。5个月：抓悬挂物。6个月：独坐30秒。7个月：捡起方木。11个月：用杯喝水。1岁：独自站立。1岁半：控制便便。2岁：说出姓名。2岁半：用筷子吃饭……

无数为人父母者对这张表格不陌生。它之所以被称作"儿童生长发育保健卡"，是因为参照以上这张表格，父母就可以明白孩子所有的啼哭、表情和动作意味着什么。它不过一张A4纸那么大，却破译了婴幼世界的牙牙之谜。通常，它只流转在怀抱婴幼儿的父母手中，不想，在2008年震惊全国的"毒奶粉"事件中，它异彩夺目，扭转乾坤：为监测三聚氰胺奶粉中毒致病的婴幼儿的生长发育是否异常，必须有一张操作简捷、数据准确、标准权威的"一卡通"，但急切之间，到哪里寻找、又哪里来得及制作这样的"神通卡"呢？

幸亏，有人提及：上海，郭氏卡！卫生部闻讯立即向上海方面紧急调集了数百万张的"儿童生长发育保健卡"，火速分发到相关地区的妇幼保健院，为无数焦虑中的家长释疑解惑，为"疑似致病"儿童及时作出了科学的筛查和客观评估。

这张卡的发明人就是郭迪。事后，当无数来电来信称颂其"功德无量，领先世界40年"时，他只淡淡一笑。

事实上，40年前，儿科医疗模式还停留在生物学研究阶段，多数儿科工作者对儿童的心理和行为异常视而不见时，郭迪教授已率先将研究从生理拓展到心理、行为学和社会环境等层面；当那时的人们只关心孩子"吃饱穿暖长得壮"的时候，郭迪教授不但已带领同事和学生在研究孩子说得好不好、学得好不好，以及脾气性格好不好，而且还在全国第一个启动儿童生长发育的评测，其中包括智能发育的测试。这是一次天才的、注定将载入史册的学术跨越，但由于想法太超前，当时非但没人能够理解，而且还有"宣扬唯心主义"的危险，但这个个子不高而又沉默寡言的倔老头，硬是把风险扛了下来。没有实验对象，就把自己的子辈、孙辈当作"小白鼠"，他亲自制作了一盘录音带，上面记录了孙女牙牙学语时每个阶段的语言，以研究幼儿智力发育规律。他还从自己的孩子们身上抽血试验，研究他们的生长规律。为更多了解中国孩子，他奔波在上海的工厂、学校里，他沿着海岸线南下，直到海南岛的渔村，孩子的生长、营养、心理，每一个细节都是他研究的方向，终于率先在国内完成了《儿童生长发育保健卡》和《儿童智力量表》的研制。郭迪第一个倡导这样一种理念——随着儿童身体的生长，其运动、认知、语言、社交等心理、行为能力的发展，也是衡量儿童健康与否的关键因素。

　　还是激情汹涌的20世纪80年代，在影响儿童智力发育的数据中，血铅水平的异常引起了郭迪的注意，当时中国的经济刚起步，郭迪以医学家的敏锐眼光，预见到新兴工业的铅污染对儿童健康的危害。

　　当时的社会也普遍没有"防铅"意识，幼儿园、小学都直接建在厂矿，铅浓度高的孩子，普遍体弱多病，注意力不集中，脾气暴躁冲动，学习成绩差，免疫力下降，甚至有生命危险。于是他指导他的学生——沈晓明博士从20世纪90年代初就开始做普通人群研究，不但直接推动众多的企业搬迁幼儿园，而且以其开展的有关铅中毒系列研究结果影响决策层，最终在2000年终止了有铅汽油在大陆的使用。这是美国人历经了20年才完成的目标啊。

弟子们带着喜讯向郭老祝贺时，他淡淡一笑说："做儿科医生是最幸福的。因为只要看到一个个孩子摆脱病痛，蹦蹦跳跳地站在你面前时，你就会有一种莫大的愉悦。儿科医生大多长寿，这得感谢孩子们，我们像他们一样无忧无虑地生活着，被他们所感染。"

最大爱的医生

学生们都称郭老为"伟人"。这样的认可，不仅因为他非凡的学术成就，更因为他非凡的人格魅力。

不少人奇怪，作为中国儿童保健学奠基人和儿童行为发育研究领域的创始人，他怎么就不是"院士"呢？

这就要从历史、从郭老的人品讲起。"院士"一般从"国家一级教授"中产生。郭老的儿子郭时粥回忆说，那还是在20世纪80年代，他们家还住在"淮海路'大方绸布店'楼上"的时候，有一天，"二院"（当时的上海第二医学院简称）来电请郭老去一趟。郭老去了很快回来，郭时粥觉得奇怪，问父亲怎么回事，父亲却淡淡地说，上面评国家一级教授，两个名额，连我在内倒有三个人符合条件，我就毫不犹豫地让掉了……儿子一听急了："爸，这，怎么可以……您毕竟是从美国回来的！"郭迪听了一笑置之：他们也很优秀啊。这就是郭迪。

儿子郭时粥没有说错，郭迪属于中国儿童保健学界的首批"海归"。

1935年，就读于圣约翰大学医学院的郭迪，在母亲的资助下，踏上了去美国宾夕法尼亚大学医学院继续深造的道路。在导师的影响下，郭迪萌发了投身儿童保健事业的理想。然而70多年前,"儿童保健"在中国还是个无人知晓的概念。大部分医院也根本不设儿科。经济状况和卫生水平的落后,使许多孩子被疾病和瘟疫夺去了幼小生命。一种信念在郭迪的脑海中电光火石:让孩子不生病,预防疾病才是他们健康的根本。然而,这个近乎完美的理想,在那个灾难重重的时代,简直就像天方夜谭。1937年,抗日战争全面爆发,刚在美国取得儿科硕士学位的郭迪立即回国,成了儿童保健学界的首批"海归"。

回国后,郭迪开设了自己的私人诊所,并立即参加了上海市红十字会救护医院的伤员救护工作和难童收容所的儿童救治工作。1950年,新中国的医学事业向他发出了召唤,郭迪毅然关掉了诊所,并带着诊所里的医疗器具和设备,加入了刚刚组建不久的上海第二医学院。在这里,郭迪接到的第一项艰巨的任务就是筹建儿科系。"从无到有"并非易事。他与同事四处奔波,从选院址到找实习基地……终于在1955年正式组建成立了儿科系。

80年的临床和研究,郭老的一生救治了多少孩子,是无法计数的。在记者和学生们的记录本上,他最强调的几段话,堪为目前医患矛盾的最佳眉批:

"医学不是试验,病人不是小白鼠,不能只见病不见人,医学是人文的医学,应具有人的温度。"

"对医生来说,病人不过是他所救治的无数生命之一,而对病人来说,却是生命的全部。"

"医生对病人的同情心不是用眼泪而是用心血。好的医生,不仅是技术意义上的,更是人格意义上的。"

他的学生张劲松回忆说,郭老最反对开贵重药品,对那些动辄使用进口药的行为尤其深恶痛绝,他常说,有效才是好药,甚至能够不开药就尽量不开药,"是药三分毒",要多给家长保健建议和护理指导。

学生们永远不会忘记,平时不苟言笑的郭先生,只要一见孩子就慈祥地微笑。给孩子们看病时,总是想方设法先化解他们的紧张情绪;尤其令人难忘的是,听诊前,他总是用手焐热听诊器,再给孩子们听诊;凡需解衣诊断的,诊断完毕,他一定会和蔼地帮病人把衣服穿好,扣子扣好。查房时遇到孩子们尿布湿了,他会亲自为他们换尿布;碰上正午时分,这位和蔼的医生总是先给孩子喂饭,随后再查房,最后才轮到自己吃饭。

从学生时代立志投身于儿科,到中国儿童保健事业奠基者、集大成者,郭迪教授带出了一批又一批像沈晓明、金星明、静进、张劲松一样杰出的学生,他带领弟子创造了儿科学界的许多个"率先":率先在儿科系统设儿童保健教研室;率先在综合医院成立儿童保健科;率先组织儿科界进行心理测验研究;率先组织新生儿遗传代谢病筛查;率先进行小儿锌营养的研究等等。如今的新华医院儿童保健科已成为全国儿科学界的领跑者。他的生命之火,在精神矍铄的期颐之年依然流光溢彩。

他是一块界碑,更是一棵参天大树!

(摘自《读者》2012年第9期)

那些晚班的司机

柏滨丰

深夜打车，来了个女司机。

告诉她去哪儿，她有点不置可否，开了一会儿，终于一脸不好意思地说："我不太熟悉鼓楼区，等我打个电话问问我老公。""不用打了，我知道的。"可能是新手吧，我忙细细指点。她总算找着了方向，轻松了很多，可能又觉得我人不错，慢慢打开了话匣子。

她说这车是家里买的，跟出租车公司签了协议，每月交份子钱，白班和晚班都自主决定怎么开。原本是她老公在开，不知道是不是因为平日不敢多喝水，又经常憋尿的职业习惯，老公年初查出患有尿毒症。以前家里经济状况还凑合，现在一下子陷入了困境：老公不能再开车了，还得每天跑医院做透析，每个月要花费四五千元；跟出租车公司签订的合同尚未到期，每月都得交份子钱；才在老家盖了房，欠下十几万元的债。

两口子都是河南周口人，家里还有两个男孩：大儿子在老家上初中，二儿子跟着他们在南京尧化门附近上小学。

老公一开始接受不了现实，一度想自杀。她也一时无法释怀，整天以泪洗面。好在过了一段时间，老公总算想通了：两个孩子不能没有父亲，坚持做透析也能活上二三十年，只要人在，就有希望；又有医保报销一部分医药费，还不至于走到绝境。

她有驾照，开始接替老公开车，白班晚班连轴转。为了省钱，老公改在家自助做透析，四个小时一次。他心疼她太辛苦，非要在白天做透析间隙换开两个小时。

她才开了几个月，对一些路段不熟悉，每次搞不清方向，就打电话求助老公。其实一开始，她也是想通过这个办法，防止她老公一个人闷在家里想不开。在家时，她要照顾老公情绪，自个儿常常强颜欢笑。在外面，一个人开车时，又常常忍不住抹眼泪。"再开几年，把欠的债还了，然后存点钱，回老家做个小买卖，供两个儿子上学。"她抿抿嘴。

我默默地倾听着她的哭诉，算是一种无声的安慰，也不由得佩服她，在水深火热中学会了举重若轻，鼓起勇气撑住一个家。

我又想起一个开滴滴网约车的男司机。他留着时下最流行的、两边剃短的大背头，脸上挂着笑，全程都是和气爽朗的模样。

我说："不好意思，去的地方比较远，您回来可能带不上人了。"他连声说："没事没事，人不得全、瓜不得圆，总有落空的时候。"

我发现车内挺干净，便打趣道："您这车没少打扫吧？跟新买的一样。"他嘿嘿憨笑，说："每天回家都会清理，我这人没啥优点，就是勤快。整干净了，开着心里舒坦，乘客坐着心情也愉快。"

我笑说："你这车空间还挺大，家用很合适。"他说："是啊，平时出来跑跑滴滴赚点外快，周末就带全家出去玩。我家双胞胎，男孩，车小了不好装啊。"

我脱口而出："哎呀，那你负担重了！"他又嘿嘿憨笑，说："我家那两个小子，生下来都6斤重，能吃能睡，健健康康。有的人家双胞胎生下来又住保温箱又用药，前前后后花费十几万元，我们家一分钱没多花……这是上天给我的福气啊。"

一路上听他分享自家的高兴事，感觉夜色浓重的天空都渐渐明朗起来。春风沉醉，丛丛流下墙头的蔷薇花，在路灯照耀下梦幻迷离。

老话说得好，眼里有尘天下窄，胸中无事一床宽。生活可不就像开车，总有七拐八弯、磕磕碰碰，前路如何走下去，全看司机怎么想、怎么看。

2021年除夕夜，我赶过一趟16路公交车。上车后，我一屁股坐在司机旁边的座位上，凉意从尾椎骨传到心。

车行至大报恩寺附近，后排一个阿姨受不了了，把口罩拉下个讲话的口子，说："师傅，这么冷不开空调啊？！"

"开咧，开咧，这不是在慢慢往上升嘛！"等红灯的间隙，司机端起一大杯茶，不紧不慢抿几口，"这又不是锅炉！"

全车人都笑了。

喝完水，他把茶杯放回驾驶台上，拎起脚下的保温瓶续上水。那是一个看上去用了挺久的玻璃茶杯，杯身满是深褐色茶渍。车子继续行进时，玻璃茶杯上并没有杯盖盖着。上坡下坡，左拐右弯，公交车几乎一路匀速行进着，就连刹车都十分平稳。驾驶台上的那只玻璃茶杯，肉眼看不出有位移，也没有一滴茶水洒出。

我十分好奇地跟他搭起了话。他说他很喜欢喝茶，原先的茶杯碰碎了，正巧看见这个敞口玻璃茶杯，就随手拿来用。起初，行车至颠簸路段时，杯子会滑动，需要用手抓扶，后来自己跟自己较劲，看看能不能做到滴水不洒。为技术，也为面子。"开车时喝茶的杯子倒了，一车人看着多丢脸。"

他做到了。他给了乘客一趟舒适的旅途，也给了自己一个"满杯不洒"的业界传奇。

唐·德里罗在《欧米伽点》里说："现实的生活开始于我们独处之时，独自思考、独自感受、沉溺于回忆之中，有如在梦境中清醒着，经历着那些极其琐屑的细微时刻。"人与人的交会，能在现实中捕捉的，不过是些片面辰光。其间的回味，是生活的韧度，也是绝佳的治愈。

（摘自《读者》2021年第12期）

铁血青春里的硬功夫

刘善伟

1939年3月16日，14名红军骨干在河北雄县组建了一个新连队——120师独立第三支队二营六连，这支连队在后来的多场战斗中屡建奇功，并于1964年因执行紧急备战任务表现突出，被国防部授予"硬骨头六连"荣誉称号。

一把拼弯的刺刀

在"硬骨头六连"的连史馆里，有一把拼弯的刺刀，它的主人是一位威震敌胆的战斗英雄——刘四虎。

1948年2月28日，在解放战争的西北战场上，西北野战军直下关中，当敌人进入瓦子街包围圈后，六连担任阻击任务，在40多个小时里，打退了敌人30多次由排到营规模的进攻。子弹打完了,战士们脱下棉衣与敌人拼刺刀,血战到最后,全连仅剩13人。

时任六连二班班长的刘四虎才22岁,在拼杀中冲入敌阵,在约4分钟时间里,刺死4个、刺伤3个敌人,刺刀弯了不后退,自己也负伤11刀,昏迷了10天10夜后从死亡线上苏醒过来。

在1950年全军英模大会上,刘四虎当选为全军的英雄,被邀请到各个部队传授拼刺技术。

说起这位老前辈,"硬骨头六连"现任连长赵松赞不绝口:"刘四虎前辈的那把刺刀至今还在连史馆展览,每次看到我们都敬佩不已。刺刀都弯了还坚持战斗,这得有多么过硬的军事技术!"

赵松,这位1989年出生、毕业于原石家庄机械化步兵学院的年轻连长,在一次训练中,从四五米高的云梯上跃下时,左手腕受伤,后植入了3厘米长的钢钉。最初,胳膊一动就疼,走路都不敢使劲。但他上肢不能练就练下肢,左手不能练就练右手;用脚踩着弹力绳练单杠,用绷带绑着手腕练长跑。在2019年4月的考核中,赵松硬是以4个课目440分的成绩,成为全旅第一个通过军事体能"特三级"考核的干部,"练出过硬军事技术,不能给老英雄刘四虎丢脸"。

2017年6月,"硬骨头六连"从浙江省会杭州,移防到广东岭南乡村,刚到广东时,气候不适应。六连班长王飞告诉《中国青年》记者:"一下火车就觉得呼吸不畅,5千米武装越野,大家完成时间普遍增加一两分钟。我们便进行'热气候'适应训练,不要求完成时间,但把武装越野的长度从5千米增加到10千米。适应了一个多月,大家的成绩就恢复了。"

移防后,"硬骨头六连"面临改革移防后集团军首次"岭南尖兵"比武考核,无疑,这场比武对"硬骨头六连"军事训练成绩和新环境的适应能力带来了巨大的挑战。

"扛着红旗进岭南！进了岭南扛红旗！"参加"岭南尖兵"比武的班长林新祥领着队友每天负重25千克跑15千米以上的武装越野，加练比武课目。

班组协同射击之前没练过，加练；侦察兵小路障碍跨越没练过，苦训。大家在800米的赛道上不断翻越20多个四五米高的障碍，刚开始求完成，完成后求流畅。

2018年1月，这支刚移防的连队，勇夺"岭南尖兵"比武团体第一和三个单项中的两个项目第一。

林新祥这位曾创下单位"十项全能"纪录的青年战士，在当年光荣当选为共青团中央十八届中央委员会候补委员。那一年，他25岁。

在"硬骨头六连"的荣誉室里，我们看到了移防岭南以来，以下评过硬军事技术铭刻的业绩：

杨宏卫：2018年全旅10千米武装越野比武冠军，两项武装越野纪录保持者。全旅首个荣立三等功的上等兵。（21岁）

王冬林：2018年7月参加国际军事比赛"安全环境"防化专业技能比武，勇夺单项第一，团体第三。（25岁）

2019年8月，"硬骨头六连"参加实兵对抗演习，以蓝军身份担负中路防守任务，在2小时17分钟内"歼敌"百余人，为蓝军最终获胜立下汗马功劳。

一次英雄的坚守

尹玉芬是"硬骨头六连"在解放战争中的另一位青年英雄。1945年，在青化砭战斗中，他率领一个排歼敌一个旅部，亲手活捉敌少将旅长；在随后的爷台山战斗中，他率领尖刀班冲入敌主峰中心碉堡，活捉敌最高指挥官黄日升并缴获机枪一挺；在峰北山战斗中，他身受重伤仍带领18名战士坚守阵地一天一夜，打退敌人6次进攻，在自己右脚跟被炸飞，小腹部被弹片划开，肠子流出腹外时仍与战友死守阵地。尹玉芬昏迷三天三夜。那一年，他21岁。

时年24岁的"硬骨头六连"一班班长王一村向记者讲述了一段经历：2019年8月参加实兵对抗演习时，他领着4名战士如何狙杀"红军"旅指挥员。

当时，"硬骨头六连"负责守卫7条通路，王一村领着4名战士，埋伏进入现挖的一个地下工事。八月岭南，酷暑炎热，地下工事里5个人挤在一起，气温超过40℃，大家通过一个小孔呼吸空气，每个人携带的军用水壶里只有0.5千克水。

当其余班组的战友撤退后，王一村班组的工事旁边，渐渐布满了"红军"对手的身影。新入伍的战友难免紧张，水也所剩无几。当"红军"走远时，王一村让老兵们把水留给新兵，并勉励战友："狙杀'红军'旅指挥员可以影响战争的胜负，这是关键的任务，但我们只有坚守和忍耐才能等到出击的时刻。想想尹玉芬当年擒拿敌方旅长李纪云多么不容易，我们熬过眼前的苦难一定能完成任务。"

分分秒秒难挨，又是两三个小时过去了，一名新兵几乎要热晕，恰在此时，敌方旅指挥员乘坐的战车出现了，大家从工事中跃出后一顿火力猛轰，敌方指挥员被消灭。几位战士在酷暑中的坚守，帮助蓝军最终取得了演习的胜利。

多苦多难也要死守阵地完成狙杀任务的军事作风，在"硬骨头六连"

一封给8个月大儿子的信

在"硬骨头六连"的连史馆里,有一封感人肺腑的信,那是一等功臣谢关友在牺牲前写给儿子骏骏的。

28岁的年轻父亲在信中写道:"骏骏,8个月前的今天,你从妈妈的肚子里剖出……骏骏,到目前为止还不能叫我一声'爸爸',爸爸在探亲期间,只要听到你的哭声就会什么都不管地来抱你,只要一抱起你,你就会破涕为笑……到目前我还没有正式告诉你妈妈(我在前线)。不过在出发前我特地赶回与爷爷、娘娘、小姑、你妈妈和你见了最后一面,为了怕你母亲伤心和痛苦,我骗了她。你太小了,只有7个多月,爸爸把你抱在手里,足足有一个小时,舍不得放下,并与你妈妈给你洗了一次澡……战争是残酷的。如果爸爸为国献身了,那你再也见不到爸爸了,要知道我是多么地想念你……如果我不在了,你懂事后,要听奶奶和妈妈的话,好好上学,听党的话,做爸爸的好儿子……爸爸每天都要看你和妈妈的照片,每时每刻都在想着你,直到生命的最后一秒也始终如一……小骏骏,我的宝贝儿子,永别了,你长大后,一定要好好地生活,记住爸爸的话,并要好好照顾老人和妈妈。别忘了你是革命烈士的儿子,不要作出有损于党和人民的事。"

为国家而甘愿牺牲、受伤,或失去小家的温暖与幸福,这一过硬的战备思想在"硬骨头六连"代代有传承。

2008年春节,我国南方遭遇特大雨雪冰冻灾害。六连奉命千里驰援入赣抢修电网。上级交给六连的任务是把17根两吨重的电杆和百余吨钢质塔材搬运到海拔1300多米的山顶。六连的官兵用砍刀砍出一根根挑杠，绑上毛巾和麻布，爬到半山路滑，大家就跪在岩石上用手撑着往上爬；到山顶时，年轻战士们的肩膀都已血肉模糊。和平年代，无惧牺牲，救灾抢险。他们无愧于前辈英烈。

2017年，"硬骨头六连"从杭州转隶移防时，口号是"打起背包就出发，放下背包就训练"，但真正做到并不容易，尤其对于在杭州已经成家的战士们。

时任连长、28岁的胡迟刚把家属接到杭州，小两口买了房子，媳妇在杭州有一份收入丰厚的贸易工作。得知上级通知连队移防后，胡迟跟妻子商量时很愧疚："刚刚团聚，又要分别……"短暂的沉默之后，电话那头的妻子渐渐恢复了平静："虽然我也感到很难过，但这是你的工作，我永远支持你，不管搬到哪里，我都追随你。"

移防后不久，胡迟的妻子辞了工作，搬到新驻地重新安家。说及此事，胡迟说："移防时，我向她行了个军礼，那一幕，我永远记在心里。"

几件触动人心的小事

"我们六连人……"是战士们最常说的话。一个集体为什么让战士们如此认同，乃至以连为家？种种优良的作风何以代代传承而不走样？

在采访中，记者记录点滴小事，或可管窥这一秘密。

年仅20岁的新兵骆开文告诉《中国青年》记者，他刚到部队进行武装越野训练，跑不动时，老战友都会替他背武器。

记者与赵松谈及此事，旁边的一位战士补充说："年初我们拉练，赵连长还帮我背过20多千克的战备物资。大家就像一家人一样，如果你是新兵，就像进入温暖家庭中的新成员，一定会得到更多关怀。"

　　王一村向《中国青年》记者讲述了他在连队最难忘的一餐饭："2018年1月，我参加'岭南尖兵'比武，第一天结束后大家都很累，到达宿营点后，我突发高烧，1月的岭南，寒气还稍重。晚上，林新祥把自己的衣服盖在我身上，第二天凌晨4点他就起来，给大家做了一锅热腾腾的面。他也累呀，但为了大伙在努力，吃到热面的那一刻，我真切感受到了'以连为家'，人也精神起来。"

　　赵松则向记者讲述了一次难忘的野餐："我记得那是一次野外建制连比武，第一天比武后，天公不作美，已经下了一天一夜的雨，做饭的柴受潮怎么也点不着火，做饭的战士脱下自己的棉质秋衣秋裤裹着柴棍才燃起了火。战士被冻得直哆嗦的样子，我一直记在心里。'硬骨头六连'官兵一直这样以连为家，我们都不肯辜负这个家的其他成员，都不愿给这个家丢脸，这个家的一切优良作风，已深深铭刻在我们心里，并如基因般一代代传承下去。"

（摘自《读者·庆祝中国共产党成立100周年特刊》）

生命最后的尊严

从玉华

哈姆雷特的老命题,"活着还是死去,这是一个问题",如今却成了全球性的新命题。

把临终的权利还给本人

当罗点点和她的好朋友几年前成立"临终不插管"俱乐部时,完全没想到它会变成一个重大的、严肃的、要一辈子干到底的"事业"。"俱乐部"听来就不像是个正经事。

罗点点是开国大将罗瑞卿的女儿,曾经从医多年。起初,她与几个医生朋友聚在一起吃吃喝喝,谈起人生最后的路,她们一致认为,要死得漂亮点儿,不那么难堪;不希望在ICU病房,身边没有一个亲人,"赤条条的,"插满管子",像台吞币机器一样,每天吞下几千元,最后"工业化"地死去。

十几个爱说笑的人在一间简陋的老人公寓,嘻嘻哈哈地宣告俱乐部成立了。

直到有一天,罗点点无意中在网上看到一份名为《五个愿望》的英文文件。这是一份美国有400万人正在使用的叫作"生前预嘱"的法律文件。它允许人们在健康清醒的时刻通过简单易懂的问答方式,自主决定自己临终时的所有事务,诸如要不要心脏复苏、插气管等等。

罗点点开始意识到,把死亡的权利还给本人,是一件意义重大的事!

而她自己就遭遇过替别人决定生死的事。

当时,罗点点的婆婆因为糖尿病住院,翻身的时候突然被一口痰堵住,心跳呼吸骤停,医生第一时间用上了呼吸机,虽然心脏还在跳动,可是婆婆已经没有自主呼吸,而且完全丧失了神志。还要不要使用生命支持系统维持老人的生命,让老人在这种毫无生命质量的状态下"活下去",成了困扰整个大家庭的难题。

最后,罗点点和家人一起作出了停用呼吸机的决定。后来,在整理老人遗物的时候,家人发现了老人夹在日记本里的一张字条,上面写着她对临终时不进行过度抢救的要求。

但当时身为医生的罗点点仍然感到后怕。如果没有这张字条,或者字条上写着另外的意思,那怎么办?有什么办法能让这件事不像猜谜语,不再让逝者生者两不安?这时候又传来巴金去世的消息。

巴金最后的6年时光,都是在医院度过的,先是切开气管,后来只能靠喂食管和呼吸机维持生命。周围的人对他说,每一个爱他的人都希望他活下去,巴金不得不强打精神表示再痛苦也要配合治疗。但巨大的痛苦使巴金多次提到安乐死，还不止一次地说："我是为你们而活。""长寿是对我的折磨。"

2006年，罗点点和她的朋友成立了"选择与尊严"网站，提倡"尊严死"，希望人们在意识清醒时在网上签署"生前预嘱"。如今，网站累计有87万人次的浏览量。

她们设计的LOGO是一棵美丽的七彩树，一片红叶正在随风飘落，画面温馨得让人丝毫感觉不到与"死亡"相关。

罗点点说，她要用余生在全国种这棵"七彩树"，传播"生前预嘱"理念。她希望在咖啡厅、书店、银行、医院等公共场合，都能摆放关于"生前预嘱"的宣传册。

最后的日子像一面镜子

中国抗癌协会副秘书长、北京军区总医院原肿瘤科主任、从医40多年的刘端祺经手了至少2000例死亡病例。

他认为罗点点她们做的事儿太重要了。这个每天把人从死亡的深井里往外拉、跟肿瘤做了几十年斗争的年过六旬的大夫说，从大三学内科起，他就知道了医学有很多"黑箱"没有被打开，此前学外科时，他还一直信心满满。

正如他的同行、武警总医院肿瘤生物治疗科主任纪小龙说："医生永远是无奈的，三成多的病治不治都好不了，三成多的病治不治都能好，只剩下三成多是给医学和医生发挥作用的。"

可数据显示，人一生75%的医疗费用花在最后的治疗上。

在那些癌症病人最后的时刻，刘端祺听到了各种抱怨。有病人对他说:"我只有初中文化水平,现在我才琢磨过来,原来这说明书上的有效率不是治愈率。为治病卖了房,现在我还是住原来的房子,可房主不是我了,每月都给人家交房租,我死的心都有。"

还有病人说:"就像电视连续剧,每一集演完,都告诉我们,不要走开,下一集更精彩。但直到最后一集我们才知道,尽管主角很想活,但还是死了。"

有时候,刘端祺会直接对一些癌症晚期的病人说:"买张船票去全球旅行吧。"结果病人家属投诉他。没多久,病人卖了房来住院了。又没多久,这张病床就换上了新床单,人离世了。

刘端祺说,整个医院,他最不愿意去的就是ICU病房,尽管那里陈设着最先进的设备。在那里,他分不清"那是人,还是实验动物"。

事实上,汶川大地震后,一些在ICU病房接受过治疗的灾区孩子,几年后,仍然会画出对这里的恐惧:一个没有一丝笑容的男孩,耷拉着头,牵着狗,穿行在长长的、没有尽头的黑漆漆的隧道里;自己被很多铁链捆着,扔在冰冷的水里;一个穿着晚礼服的女孩,露出她残缺的双腿,整个画面的调子是灰色的……在刘端祺经过的2000多例的死亡中,他最难忘的是一个老太太的死。这个肺癌晚期的老太太,做了3个周期的化疗,被药物的副作用折磨得不成样子。她彻底弄明白自己的病情后,和医生商量,放弃化疗。

她住院时唯一的"特殊要求"是,希望有一个单间,这个空间由她自己安排。她将这间单人病房布置得非常温馨,墙上挂满了家人的照片,还请人把自己最喜欢的一张沙发和几件小家具从家中移到病房。圣诞节、春节,她还亲手制作充满童趣的小礼物,送给来看望她的亲人朋友。

最后老人一直在镇静状态中度过,偶尔会醒来。醒来的时候,她总会费力地向每一个查房的医生、护士微笑，有力气的时候，还努力摆摆手、点点头——所有这一切，都保持了她那独有的优雅。直到最后，她再也没有醒来。

总在与死神进行拔河比赛的刘端祺说："每一次死亡都是很个体的，死亡就像一面镜子。"

在北京大学医学人文研究院教授王一方的课堂上，他念因癌症离世的美国人崔雅的诗歌，讲海德格尔的哲学"人是向死的存在"。他还把死亡说成是"生命的秋千荡完了"。他把自己的课叫"死亡课""优逝课"。只是，这样的课常有学生逃掉，但几乎没有人逃医学技术的"主课"。

王一方也讲温暖的绘本。他甚至很希望，有一天，和一个癌症患者依偎在一起，读《獾的礼物》。

那是个连小孩子都能读懂的故事：冬日的晚上，一只獾很老很老了。他吃完晚饭，靠近壁炉，坐在安乐椅上摇啊摇，一个美丽的梦境把他引入一条长长的隧道。他跑呀跑呀，丢掉了拐杖，到了另一个金灿灿的世界。第二天，狐狸宣布"獾死了"。冬去春来，村子里的动物们谈论得最多的是老獾。土拨鼠说，是獾教会我剪纸；青蛙说，是獾教会我滑冰；狐狸说，是獾教会我打领带；兔妈妈说，是獾把烤姜饼的秘密告诉了我……原来，獾留了这么多礼物给大家。

可王一方一直没有等到与临终病人分享《獾的礼物》的温馨时刻。他的演讲顶多是在一群病人家属中进行而已，尽管很多家属听得泪流满面，但这样的"死亡课"一直没有走进病房。

给别人让出空间，正如别人让给你一样

这样的挫败感，罗点点经历得太多了。

她去医院大厅种"七彩树"，希望传播"生前预嘱"。医院的负责人婉拒了："我们这儿是救死扶伤的地儿，谁接受得了你们谈论死呀！"她让朋友在公园的合唱团里发调查问卷，唱歌的阿姨们不乐意了："活得好好的，这么早让我们想到死？"结果没多久，真的有一个人去世，大家都开始思考罗点点说的事儿了。

罗点点出了一本书——《我的死亡谁做主》，她把新书发布会放在北京非常时髦的世贸天阶时尚廊举行。发布会是崔永元主持的，他笑称"这本书很难成为畅销书，还不如一个80后小孩写的书好卖"，但没办法，"这是一种责任。他还念了史铁生的话："死是一件无论怎样耽搁也不会错过的事，一个必然会降临的节日。"春节时，罗点点把这本书作为礼物送给所有的亲友。大家都说："真有你的，大过年的，说什么死不死的。"可看过书的朋友，又打电话对她说："这是一份文明的礼物。"

她告诉别人自己在忙什么，有家境差一些的人直接反驳："你说的问题太高端了，我们面临的不是放弃，而是没有。"也有医生说："你们的理念挺好的，可在中国很难推行下去。"

有大夫说："我想起我第一次抢救病人时忍不住湿润的红红的眼圈；想起我见过的最孝顺的儿子签署放弃抢救他爹的协议后，在地上磕的响头；想起患者走后家属的干号，随后在门口冷静地摊派丧葬费用；想起无耻'医闹'，不及时为逝者入殓，就开始盘点医护失误准备打官司……面对生死真是众生百态，人性毕现。"

罗点点团队里的席修明是北京复兴医院的院长，他担任ICU主任几十年。他把自己的岗位称作"生死桥头"，称ICU技术是一种"协助偷生术"。

这个从34岁就开始担任医院ICU主任的专家，23年后，却当着记者的面，泼了ICU一盆冷水。他常提醒工作人员，一个微笑胜过一片安定。他要求他的同事多给机器旁的老人梳头、擦身体，抚摸他们，哪怕病人已经没有了意识。在台湾，老师会让医学生们到一间黑屋子里，每个人躺进一个棺材，用手电筒的光，照亮遗书，慢慢地读完，体会"死亡的滋味"。

死亡在这些医生眼里，就是油尽灯灭，再自然不过。正如《阿甘正传》中阿甘的妈妈对阿甘悄悄说的："别害怕，死是我们注定要去做的一件事。"也如哲学家蒙田所言："给别人让出空间，正如别人让给你一样。"

生命的句号自己画

因为职业的关系，罗点点和她的朋友对"死亡是一种伟大的平等"这句高悬在北京八宝山骨灰堂门楣上的歌德的名言，有自己的理解。

王一方总讲"死亡课"，他也想好了自己怎样"下课"。他说，最后的时刻，他拒绝用机器延长生命，他会让人给自己刮胡子，用热毛巾洗把脸，再搽点儿雪花膏，干干净净地离开，要"像老獾一样，把礼物留给别人"。

ICU专家席修明说，他不会在ICU走，他要躺在一张干净的床上，一个人也没有，安静地对这个世界说会儿话，然后走，正如一只蚂蚁离开，一片树叶落地。

见惯了死亡的刘端祺，没打算把自己的死亡看作"特别的仪式"。他

石头里的春暖花开

说，他不会浪费别人的时间，不会接受过度抢救，赶上谁来看我，就是谁；骨灰放在树下，当肥料。"我一生很充实，我给自己打80分！"

（摘自《读者》2016年第12期）

石头里的春暖花开

葛闪

（摘自《读者》2016年第12期）

　　从家到学校，从学校到家，二十余里崎岖难行的山路，无论上学放学，洛宁的背上总是负重着一袋石头，艰难且坚毅地行走着。

　　洛宁11岁，是云南山区的一名小学生，皮肤微黑，身形孱弱，沉默寡言，喜欢独处，是同学们眼中最"怪"的同学，平时课堂内外，谁都不愿意和他交朋友。同样，他也是我到偏远山区支教以来，见过的最不合群的学生。但有一点是谁都佩服的，洛宁的学习成绩，在班里一直都是名列前茅。

　　从几个月前开始，洛宁上学的时候，背上背负的，除了一个书包，凭空多了一个口袋。口袋里面，不知道装着什么东西，鼓鼓囊囊的，看来颇有重量。要不然，洛宁背着的时候，脸上怎会有吃力的表情？

　　上课的时候，洛宁就把口袋轻轻放在课桌下面。下课的时候，洛宁就把口袋背上,在小小的操场上转圈。到底是什么东西,居然能让洛宁整天将它负在背上?班上的学生都想打破这个砂锅,揭开谜底。

有同学去摸过,硬梆梆的,有棱有角,从手感上判断像是石头。但是,洛宁总不会傻到把石头当作宝贝整天背着吧。不管是学生们,还是做老师的我,每当向洛宁问起这件事情的时候,洛宁总是不发言语,只是低着头耸着被冻得红彤彤的鼻子。其实,有同学曾经试过去打开口袋,但平时很老实的洛宁,就会像是一头发怒了的小狮子,让大家不得不罢手。

又过了一段时间,时值严寒,洛宁的口袋也变大了,里面的东西也装得更多了。似乎口袋里面的东西,是遵循着一定的时间规律而变大变多的。

洛宁口袋里的秘密,终究没有敌得过同学们的好奇心。那次,洛宁没有拗得过好几个同学的强行"合力",被强行按在了桌上。口袋被打开时,滚落出的一块又一块冰冷坚硬的石头,让同学们都惊呆在原地——任是谁也没有想到,洛宁整天背负着的口袋里,装的居然真是石头?

原来,身形瘦小、体弱无力的洛宁,是想通过背石头来锻炼自己的身体。几个孩子回过神来,便哈哈嘲笑洛宁。

暴怒了的洛宁,狮子般扑了上去,和他们打在了一起。

办公室里,我不忍心训斥身形羸弱的洛宁。一来,因为我知道事端是由那几个孩子先挑起的。二来,我虽然不知道洛宁无端端背着沉重的石头上学的原因,但我早在刚来时就听别的老师讲过,眼前这个瘦弱到让人心疼的孩子背后,却有着任是谁听了也会落泪的背景:

6岁那年,洛宁的父亲患病离世,这对本就贫困的家庭无异是雪上加霜。天塌了,洛宁母亲就用瘦弱的肩膀撑起了这个家:她每天上山砍柴到集市上去卖,还要替别人做挣不了几个钱的手工活,还要割猪草喂养唯一的一头猪,还要洗衣做饭。洛宁很懂事,只要从学校回家,就争着为母亲打理一切。

日子本来可以这样即使贫苦却也不失幸福地度过，但命运就这么无情残酷——去年的一天，洛宁的母亲遭遇车祸：命是捡了回来，人却瘫痪了。

几天后，我买了点东西，趁着上午没课的空当，独自来到了洛宁的家里。一来，看望一下洛宁的母亲；二来，我更想从他的母亲口中得知，到底是什么原因，竟然会让洛宁整天背着石头上学？

睡在床上的洛宁母亲，即使盖着被子，我也可以从她瘦削的脸上看出，她的身体是多么孱弱。见到我介绍了自己的身份，洛宁母亲慌忙要起身，但只是挣扎了几下便作罢了，在我的帮助之下，才半坐了起来。

我告诉她洛宁优异的学习成绩和近来的情况。只是，我隐瞒了洛宁和别人打架的事情。当我向她提及洛宁背石头上学的奇怪之举，她的眼泪顿时簌簌落了下来：

原来，自从她瘫痪后，洛宁除了在学校，其余的时间都在家中服侍母亲。小伙伴喊他去河边看老黄牛，他没有时间；邀他去田野里放风筝时，他抽不开身。因为他要接替母亲的"工作"——砍柴、烧水、做饭、洗衣服、喂猪……

一天，她因为渴急了，把手伸向离床头不远的热水瓶，结果却烫伤了自己。洛宁放学回家，看到被烫伤了的母亲，心像被无数把刀狠狠地剜了一般，痛入骨髓。他怕在以后的日子里，若是自己不在家，母亲不知道还会发生其他什么事情。于是，洛宁当即便决定：以后的每一天，他都要背着母亲上学。尽管母亲再怎么劝阻，洛宁还是坚定自己的想法。从那时起，他便开始背着石头上学了。

我的心里陡然被濡湿了。但我同时亦很奇怪，洛宁想背着母亲上学来照顾她，但他的背上，却怎么永远是一袋石头？

洛宁母亲看出我心中的疑惑，止住了泪水，哽咽着告诉我一个任是谁都想不到的爱的秘密：

洛宁母亲体重八十六斤，洛宁瘦小的身躯又如何负重？但他却想出了一个方法，起初，背着少量的石头，随着对重量的适应，然后再不断地添加石头。直到，他能适应超过八十六斤的重量为止。

八十六斤，是洛宁母亲的体重，亦是爱的重量！

回来的山路上，我任由泪水肆意奔流。我在想，那口袋里的石头，冰冷坚硬的棱角，定然是无数次碰疼了洛宁的后背、压痛洛宁孱弱的肩膀了吧。我仿佛看到这样一幕画面：

在刺骨的寒风中，在崎岖的山路上，衣衫单薄的洛宁，用孱弱的肩膀，瘦弱的后背，背着一袋硬梆梆的石头在艰难地行走。顶着风雪，洛宁不怕刺痛；踏着山路，洛宁不畏路难。只因为，他后背上的那一袋石头并不冰冷坚硬，而是因了一份爱，时时春暖花开！

（摘自《读者》2012年第3期）

"老伙伴"梁思成

黄 汇

清芬挺秀，华夏增辉。清华大学百年校庆在即，众多学子重聚清华园，回忆当年的生活，回忆老师们。本文是清华大学建筑系1961届毕业生黄汇的回忆。文章既有浓厚的师生情谊，又展现了梁先生的为师之道，所谓"桃李不言，下自成蹊"。睹文远思，令人神往……

我们建——班（1961届）和梁思成先生有着一段深厚的师生情，回顾四十六年前与先生相处的戏剧性的场面，幅幅相连仍如同昨日。先生在同学们和我的心中不是圣者，甚至不是严师，而是我们成长中亲切的"老伙伴"。当年他常表示希望成为我们的"母亲"，现在细想起来，相处的那六年间的点点滴滴都影响了我一生做人的原则和做事的习惯，不知不觉中铺垫了我们的敬业之路。

这"小老头"画得真好

1955年高高兴兴走入清华园的时候,我还是个未成年的孩子,因为能乍乎,班主任派我暂任文娱干事。为了使来自全国各地互不相识的同学尽快熟悉起来,组织全班同学到颐和园玩了一次。

一到谐趣园,我们不由得叫了起来:"快来看呀!这里有个小老头水彩画得真棒!"他又瘦又"小",抬起头来看了看我们胸前佩戴的清华大学新生的小布章:"呵!了不起!清华大学的学生。你们也喜欢画画?是哪个系的呀?"我们颇有些得意地表示:"当然,我们是建筑系的学生。你知道?进了清华大学要上建筑系还得再考一次画画呢!"

"噢?建筑系?你们的系主任是谁呀?"

"不知道,还没正式开学,怎么会知道系主任是谁呢?不管他是谁都行呗。"

"好,我也累了,不画了。我请你们上楼去看看吧。"

"上楼?那小楼上是不开放的。"

"没关系,我就住在上面。"

"你是颐和园的干部吧,住在这地方多好玩!"

"我是个没事干的小老头,住在这里并不好玩,因为没人跟我玩,你们来了这里,带我玩行吗?"

"行!你这人挺好玩。"

他请我们上了楼,吃了许多好吃的零食,然后又带我们到对面竹林旁的一块平整的场地上席地而坐,他坐下去很困难,就垫起了一块什么东西。当时玩的是"叫名字"游戏,他自报的名字就是"小老头",而且一下子就记住了我们四五个人的名字。

开学后才知道，那"小老头"竟然就是我们的系主任。那是在林先生刚去世而且他正遭"复古主义大批判"的时候，总理关照他在谐趣园休养。

有趣味的专题课

对于在谐趣园时的不逊，我们丝毫没有什么顾虑，因为直觉说明他对我们并没有反感。幸运的是，特殊的机会使他对我们班多了一份特殊的关心，主动不定时地给我们讲专题课，甚至辅导课程设计。

上他的专题课真有趣味。

一天，他要讲形式与内容的关系，他提前来教室，在黑板上自左向右一口气画了一串不同时代身着不同服装的妇女，正当同学们对他绘画的功夫赞叹不已时，他开讲了："大家看，这是妇女服装形式随时代变化而变化的洋片，在妇女大门不出二门不迈的时代，可以裙袍拖地。民国时期，有了职业妇女，要上班，要上街，人力车是主要交通工具，穿旗袍很合宜。可现在，妇女要劳动，骑自行车，动作幅度很大，再穿那苗条合身的长旗袍就会出笑话了……"先生用图画、比喻、趣谈，生动而轻松地让我们信服了在功能、行为、观念、形象之间存在着"必然"，存在着辩证关系。一节课接一节课地传授给我们一种看问题的思想方法。

知　人

一年级结束前，在二校门旁遇见先生，他问我暑假怎么安排，并要给我留一点家庭作业，我求他别再让我放假都玩不成。梁先生说，这作业不妨碍你又吃又玩，只需要你去和你家周围扫街或摊大饼的那些人交往，交两个朋友，把他家各方面的情况写下来，交卷。这作业真奇怪，不过梁先生常常会出一些怪题，做起来也会挺有意思，我就照办了。当时我家前门、后门各处于不同的两条巷中，我主动去和那两位扫地的阿姨搭讪，因为外祖父在当地受尊重，所以她们待我都很好，有时我也去辅导一下她们孩子的功课。一来二去，开学时就完成了两份"交朋友报告"，将她们家的成员、工作、经济情况、生活规律和不同的特殊困难，一一罗列。于是，我第一次获得了梁先生的夸奖，说写的很实在、细致，文笔也还可以。然后他讲，学建筑这行要做设计，而设计的房子要为各行各业的人所用，每一种人和另一种人的需要不同，你不了解他们不行，你不学会了解别人的需要也不行，要养成随时观察和关心各种人的习惯，要"知人"。

人文因素和技术投入难分难解可能就是"建筑设计"的特点——这是"知人"这个题目给我的感觉。

要"会"玩

二年级期末考试时，全班2/3的同学材料力学不及格，同时有人向老师反映，说我常聚合七八个同学骑车进城看演出，看球赛，不上晚自习，影响很不好。老师批评了我，我不服气，就顶嘴，被梁先生传唤了去。梁先生板起面孔严肃地批评我不守纪律，他说："刚才是建筑系主任梁思成和你谈话，我的意见你必须执行；下面是小老头梁思成和你讨论'玩'的问题，你爱听不听都行。其实，'玩'是好事，学建筑的人多玩多见识，只是必须会玩，不能傻玩。"他讲了许多自己年轻时在体育、文艺方面的精彩经历。"运动队的人设计体育场的跑道就不会忽视跑道的弯道坡度和冲刺后的缓冲道，合唱团的人设计音乐堂就不会忽视后排观众席的音响质量,他们的设计观念和毫无文体兴趣的人的深度不同。但是你光傻玩,不看,不想,那就叫白玩。玩的时候要顾及四周,东张西望,想一想,如果让你做这个设计,你怎么处理?要玩,不要当书呆子。"

永远诚恳　永远进步

我想起四年级的时候,我有一个设计方案受到大家的夸奖,飘飘然地拿去给梁先生看。看后他什么夸奖的话也没有说,让我下楼去拿一个碟子、一个碗上去,再把书架下的一个小陶土罐子拿出来,让我灌了大半罐子水,然后对我说:"你看,这半罐子水不满,有人会对它在意吗?可是现在你把这水倒在碗和碟子里直到溢出为止,然后人们会惊呼水太多了,水真多。其实,罐子里还剩很多水,罐子里的水才真多,你可千万别把自己捏成碗,更不要捏成碟子,那就没出息了。

我在回想罐子的事时,先生立刻唤回我的思路,嘱咐我:"每当你做成一件事受夸奖时,一定要冷静地去调查一下还有什么不足,甚至勇敢地问一问有没有错误,认真总结,定出新的目标,这是不断进步的诀窍。千万要改正你的缺点,不要在成绩面前沾沾自喜,甚至跟别人计较自己的功劳有多大。要记住,我今天的话很重要!""当然,我的画也很重要,现在把曾受你夸奖的那张谐趣园的画送给你。"他的话我铭记至今,他的画就是梁先生画集的封面。

琐琐碎碎的许多小事,教诲指点终生,却无法回报。世上最无法弥补的是时空造成的无奈,越是在纪念、追念先生的时候越是难过,真是难过极了。

(摘自《读者》2012年第12期)

蒲松龄是一盏灯

罗振宇

有一天,作家贾行家问我,在中国古代文学作品中,我最喜欢的是哪一部。我说是《聊斋志异》。

我跟他开玩笑讲,我的青春期教育是通过《聊斋志异》完成的。一个书生,夜宿荒宅,接着,来了个美貌的女子,然后成就一段好事,开始一场传奇。这是一个不会追女生的大男孩最喜欢的故事类型。现在看来,《聊斋志异》对我的影响,确实超出其他书。

我通读过三遍《聊斋志异》。第一次是在大学一年级放寒假的时候。在南方那个又潮湿又阴冷的冬天,我披着一件厚厚的棉大衣,缩在被窝里读《聊斋志异》。读到兴奋的地方,我披衣而起,绕屋转圈。那种经常被点燃的感觉,我至今记忆犹新。我是第一次那么完整地体会到文言文的魅力。我对文言文有不错的语感,其中至少有一半功劳来自读《聊斋志异》。

不过，这还不是我喜欢《聊斋志异》的根本原因。根本原因，是蒲松龄这个人。

蒲松龄，字留仙，山东淄川人。十九岁第一次参加科举考试，他就得了县、府、道三个第一，名震半个山东。蒲松龄起点很高，才气又大，年纪又轻，按照常理，只要努力，博个功名，考个举人是没有问题的。但是，科举时代有一句话，叫"场中莫论文"，考场成败有时候跟文才没啥关系，与运气关系很大。蒲松龄的运气就特别不好。此后的五十多年，他一直卡在秀才这个级别上。考了一辈子，再无所获。

蒲松龄一辈子的谋生之道，许多时候是在大户人家当私塾先生，虽然不能说多穷困潦倒，但是日子过得非常紧巴。因为教书的地方离家比较远，他虽然和妻子刘氏感情很好，但是一生也是聚少离多。就是这样一个人，写出了《聊斋志异》。

你可能会说，这个故事没有什么了不起的啊。中国古代有才华的人，在官场不得意，这不是常态吗？杜甫有一句诗叫"文章憎命达"，有才华的人总是命运不好，这有什么稀奇的呢？

还是有点儿不一样。

其他的文人，即使在仕途上不顺利，但还是可以将文学创作的成就作为自己的精神支柱。中国古代的文学，诗和词，才是最受追捧的文体。写出好诗词，虽然不见得能当官，但在民间还是非常受尊敬的。李白诗名远播，连唐玄宗都要召见他。杜甫诗名远播，被剑南节度使严武关照，所以才有成都的杜甫草堂。就连柳永那样的填词高手，虽然当时词在文体上难登大雅之堂，但是皇帝也知道他，不是还让他"且去填词"吗？就算仕途不得志，但是柳永在民间还是很受欢迎的。一个文人只要有现实成就感,只要还能听得到身边传来的掌声,他的精神支柱就还在。

但是蒲松龄不同。如果你读过一遍《聊斋志异》,你就会被蒲松龄的用心震撼到。它里面的文章谋篇布局之巧妙、遣词造句之精当,再大的才子,也是要倾注毕生心血才能做到的。

你可以对比着看两本书,一本是清代大才子袁枚的《子不语》,还有一本是大才子纪晓岚的《阅微草堂笔记》,都是写狐鬼神仙故事的,名气也很大。但是,对比着一看,就知道,它们和《聊斋志异》完全不在一个档次。

看《聊斋志异》的时候,我经常会有一种吃惊的感觉。写小说,这种在当时看来这么不重要的事,但蒲松龄每次下笔时,都有一种凛凛的敬重感。一字不苟且,一笔不草率。他心里的读者,一定不是当世的人。

蒲松龄对标的人不是写小说的,也不是写诗词的,他对标的是司马迁。《聊斋志异》中许多篇小说最后的那一段"异史氏曰",也是借鉴司马迁的"太史公曰"。其实,这两个人都以一人之力,创立了一种文体。更重要的是,在创作的时候,他们都极其孤独,都是一个人,没有知音,以一杆笔面对千秋万代,都花了一生的心血,著作都篇幅巨大,都是在写的时候不知道它能不能流传下去。但是,他们都写了。

借用司马迁的那句话:"究天人之际,通古今之变,成一家之言。"要是不发这么大的愿,很难想象,蒲松龄能够坚持下去。

如果对标到司马迁,就更能看出蒲松龄的非同寻常。

司马迁写的《史记》是孤愤之作,他被汉武帝施了宫刑之后,身受奇耻大辱,一腔孤愤没处宣泄,全部扑到了写《史记》上面。

但是蒲松龄的一生,并不曾面对这样的绝境。他的人生一直有很多可能性。对科举这条路,他一辈子也没有彻底放弃。五十多岁的时候,他的妻子刘氏劝他，算了吧，别考了。他还问刘氏，难道你不想做夫人吗？现在有记录的，蒲松龄是考到了七十多岁，一直考到走不动路为止。

作为一个在乡间很受尊敬的读书人，蒲松龄对于社会事务也非常尽心。他写过《农桑经》，传播农业知识；编过《药崇书》，讲解医药养生；还编过《日用俗字》《婚嫁全书》，向村民普及文化。他平时还为老百姓写过很多状子，参加救灾救荒。到七十岁时，他还上书检举贪官。

回看蒲松龄的一生，十九岁春风得意，然后一路高开低走，以世俗的眼光看，他没有什么成就。如果换成一般人，心态早就崩溃了。但是蒲松龄没有，还是那么认真，对每件事都认真，下笔时的每一个字都认真。认真到就像他已经知道，这部《聊斋志异》在后世一定会光芒万丈一样。

我从十几岁开始读《聊斋志异》，蒲松龄一直是我的一盏灯。认真做平凡的事，就像在做一件了不起的事一样。认真过短暂世俗的生活，就像面对千秋万代一样。如此，再普通的人生，也能够拥有无穷无尽的可能。

大学时，有一次，我偶然读到蒲松龄的一句诗，当时就流泪了。那是在他生命的最后几年，与他恩爱了一辈子的妻子刘氏先他而去。他来到亡妻的墓前："欲唤墓中人，班荆诉烦冤。百叩不一应，泪下如流泉。"我想喊你的名字，听到你的回答；我分开墓前的杂草坐下来，想跟你说说心里的苦楚。但是，我怎么敲你的墓碑，你也不回答，我的泪止不住地流下来。

那是我人生中第一次体会到天人相隔带来的巨大悲伤。也是第一次知道，一个人的一生，不只是这一世，你还可以超出自己的生命大限，向亲人、向后世诉说——无论小声地倾诉，还是大声地呼喊。就算对方听不见，你还是有了属于自己深情的一生。

（摘自《读者》2021年第7期）

轮椅上的那个年轻人，起身走了

王开岭

一

北京的园子里，地坛是我颇觉乏味的一个地方，水泥砖太满，草木受欺，一个有想象力的人进去会难受。尤其盛夏，像抽干了水的池子，让人焦灼。

即便如此，在我心里，仍是器重它的。地坛，是个重量级的精神名词，因为一个人和一篇散文。

20年前，大学的最后一个夏天，在阅览室乱翻，忽遇一文，不觉间，身子肃立起来。很想一个人逃走，躲开众目，找一个身心无所顾忌的角落，慢慢享用。

它把我拐跑了，去了很远的地方，那儿长满荒草和古柏，除了僻静、空荡和潮湿的虫鸣，只剩一位小伙子和他的轮椅。那个脸色苍白、被孤独笼罩的青年，那个消沉倦怠、无事可做的青年，那个在灿烂之年猛然摔倒的青年，终日躲在其中，在墙角，在荫下，漫无边际地冥想，关于青春、疾病、身体、梦想、活着的意义……与之相伴的，只有光影、落叶和硕大的年轮。暮色苍茫时，母亲细弱的寻唤，云丝般飘来，他选择答应或沉默。

"这是个废弃的园子。"这个自感被废弃的人长叹，彼此同病相怜。

"搬过几次家，搬来搬去总在它周围，且越搬越近了。我常觉得这中间有宿命的味道：仿佛这古园就是为了等我。"

对一个刚结束身体发育、精神正闹饥荒的学生来说，那个阅览室的下午，犹如节日。黄昏时，他一溜烟跑向复印室，把整篇文章揣进书包。

大概又过了10年，我才真正跨进那园子。

对它，我早早存下了一份敬意和暗恋，仿佛那并非公园，而是一个人的心灵私宅、精神故居。期间的一草一木，都是被喂养过的，被一个年轻人的寂寞，被他的时针，被他心里的荒凉和云烟。

入门前，我迟疑了，顿住，觉得不该这么随便进去，似乎需要一个仪式，该向谁通报一声。而且这是不应收门票的，或者，访客带一册书刊，收有《我与地坛》的那种，权当名帖或请柬。如此，我才觉得不鲁莽，才觉得被邀请了，经了主人同意。

"四百多年里，它剥蚀了古殿檐头浮夸的琉璃，淡褪了门壁上炫耀的朱红……十五年前的一个下午，我摇着轮椅进入园中，它为一个失魂落魄的人把一切都准备好了。那时，太阳循着亘古不变的路途正越来越大、越红。在满园弥漫的沉静光芒中，一个人更容易看到时间，并看见自己的身影。"

我东张西望,"找什么呢?"同伴问。

我不吱声。我找一个轮椅上的年轻人,找他的车辙,找端详过他和被他端详过的东西。我很急切,一个年轻人对另一个年轻人的急切。

其实我不该来。地坛早没了文中描述的清寂,修饰一新的它,像个思想被改造过的人,像个刚理过发的新兵,熨烫齐整的制服,风纪扣都系紧了。没了杂草裸土,没了野性、不规则和迷失感,没了可藏身的自由。印象中,它该是茂盛深邃、曲幽弯折的,没有头绪,能藏得住很多东西,能收留很多的人和事。

它变肤浅了。

枉带了相机,没拍一张照片。因为我不知当年小伙子会在哪儿泊他的轮椅,哪儿安置那些缤纷狂乱的念头,找不到这样的地方。

我对身边人嘟囔:地坛,"地"太少了!大地之坛,怎么可以缺了泥土呢?

终于确信:那人走了,不住这儿了。

我也该走了。没事我就不来了。

但我知道他在这座城里,他在一个人生病。

那种病,漫长、坚忍、安静,犹如事业。

如果说世上有什么纯属私事,那就是生病。生病会让一个人的身体极度孤独,也会让精神极度纯粹,尤其是上天给他的那种病。

二

无论作品或生涯、肉体或精神,史铁生都是和"死亡""意义""归宿"

深深打交道的那类人，也是最亲近灵魂真相和永恒元素的那类人，我称之为"生命修士"。

疾病，在常人身上是纯苦的累赘，在他那儿，却成了哲学，成了修行，成了生命最普通的行李。他让你发现：原来，肉体可以居住在精神里，世界可以折叠成一副轮椅。

"职业是生病，业余在写作。"他笑得晴朗，像秋天。

一个以告别的方式生活的人，一个倒着向前走的人。

他的从容、镇静、平淡，他健康无比的神色，让你醒悟：焦虑、惊惧、凄愁、急迫、怨愤——是多大的荒谬与失误。不应该，也没理由。

"死是一件不必急于求成的事，死是一个必然会降临的节日。"他说中了。他注解了自己。

2010年最后一天，上午醒来，我的手机短信最多的，不是"新年快乐"，而是：史铁生走了。

"时间不早了，可我一刻也不想离开你；一刻也不想离开你，可时间毕竟是不早了。"

他赶上了新年，赶在了宇宙新旧交替之际，愈发像个仪式。

我并不悲伤，甚至不觉得是个噩耗。它更像个消息，一个由他本人发布的通知。

我只觉得周围的景物有点恍惚，显得空荡、陌生。

对很多喜欢或热爱的人，我们并不期待撞面，只知彼此同在就满足了。当有一天，对方突然离去，我们最大的感受，或许并非痛苦，而是失落，是孤独，是对"空位"的不适应。就像影院里看电影，忽然身边的人起身走了，留下个空座，你会不安，盼那个陌生人再回来……

那天的短信中，有位母亲说，她特意朗读了《我与地坛》，儿子静静地听……孩子小，不知发生了什么，但说了句：妈妈你念得真好。

和我一样，她不悲痛，只是想念和感激。

因为他从来不是一个悲剧。

新年钟声响了，在稀疏的报道中，我知道了些最后的情景——

清晨3点46分，他因脑溢血在北京宣武医院去世。6时许，按其遗愿，肝脏被移植给天津一位病人。上午，在该院脑外科的交班会上，一位教授向同事深情地说："从昨天夜里到今天凌晨，有位伟大的中国作家，从我们这里走了。他，用自己充满磨难的一生，实践了生前的两条诺言：呼吸时要有尊严地活着；临走时，他又毫不吝惜地将身体的一部分传递给了别人。我自己、我们全科、我们全院、我们全国的脑外科大夫，都要向他——史铁生先生致以崇高的敬意。"

三

那个轮椅上的人，起身走了，几乎带着微笑。

按他的说法，这不是突然，是准时，是如期。

那一天，世上的喜悦并未减少。那一天，会有很多婴儿来到世间，很多新的人生正徐徐展开，像蝴蝶试验它们的翅膀。

多年后，在中学课本里，这群长大的孩子会邂逅一篇叫《我与地坛》的散文，会像那轮椅上的年轻人一样，思考青春、梦想、活着的意义……

那是所有人都会遇到的考题。所有答卷中，有一份完美的卷子，那个考生，叫史铁生。

如今，我可以正式地怀念他、毫不吝啬地赞美他了。

他属于那种人——

他们以自己的生活、创造、姿态和穿越岁月时的神情，给时代绘制肖像、给人类精神添加着美、尊严和荣誉。

正因空气中有其体温，树木上有其指纹，这世界才不荒凉，街道才不冰冷，人群才不丑陋。他们不会让天变蓝，却让大家对天空保持积极的想象。他们不能搬开大地上的垃圾，无力拔除民间疾苦，却让我们觉得可以忍受，可以坚持，继续对时代留有信心与好感。

无论遭遇什么，只要一想到人群中还有他们，大家一起走，一起唱，一起看花开花落、云舒云卷，一起承担每个晴朗或昏暗的日子……我们即会坚称这世界很美好、这人生值得过。无论个体命运多么黯淡，只要到这个曾经来过孔子、苏格拉底、李白、普希金、莫扎特、贝多芬、安徒生、莎士比亚、罗曼·罗兰、丰子恺、阿赫玛托娃、德兰修女、几米漫画、《丁丁历险记》的世界，这是留有其遗产和故居的世界，我们即会情不自禁地微笑，对生活作出肯定性的投票。

与之为伍，共沐风雨或隔代相望，这是我们热爱生活的重要依据，也是幸福感的来源之一。

史铁生即为其中一员，他是他们中的一员。

往日，我们若无其事地分享他，习以为常，直到他走了，才倏然一惊：他多么重要！多么值得感谢！

四

最后，我还想对地坛说点什么。

年初，我又悄悄来看过你一回。

我来，只是想告诉你，轮椅上的那个小伙子走了。

我猜，远行前，他的灵魂肯定也来过，向你告别。

我来，还想告诉你，我觉得你应该做点儿什么。

比如，在一棵树下，种植一位年轻人的雕像。

甚至，甚至可邀请他长眠于此，如果他愿意。

（摘自《读者》2012年第12期）

老爸的菜园子

肖 遥

老爸刚开始种菜，是在近半个世纪前的山沟里。

刚大学毕业，被分配到"三线厂"工作的老爸从车间借来洋镐、铁锹、铁耙，兴致勃勃地开启了"种菜模式"。很快，老爸就意识到有什么地方不对劲：他的家乡关中农村的土质是黄土，十几米深的黄土地里很少有石头，而在地处伏牛山的厂区，其土质以石头为主。要在这里开荒，几镐头下去双臂就会被震得酸痛。他只好把石头一块块挖出来，搬起来，扔出去，重复了无数次类似西西弗斯的推石头运动，耗时一个多月，一个不到半分地大的菜园子被开辟出来了。

老爸把菜园子分成6块菜畦，每畦长4米、宽1米，一边留有半米宽的人行道。老爸种了四季豆、茄子、辣椒、大蒜和几种青菜，有时也种土豆、花生之类，能满足夏、秋两季全家人的需求。有了这个菜园子，本为工程师的老爸俨然变身菜农，什么季节种什么菜、栽什么苗，什么时候浇水、施肥，什么时候为菜苗搭架、灭虫，他都一清二楚。

如今，父母退休了。他们的住所门口有个小园子，我那当设计师的姐姐便将这个园子设计成日式庭院。只一年的工夫，姐姐的"资本主义的小花园"就被老爸改造成了"社会主义的菜园子"。老爸很喜欢邀请亲朋来他的菜园参观，可不管谁来都会被迫变成老爸的助手——"来，帮我把这些石头搬出去扔了"；或者给你一架梯子，让你爬到架子上去摘佛手瓜。有时候，他猛然意识到"来者是客"，而不是帮工，也会客套一下："我把这些葱种完就来，你等等。"这种话听听就行，他不会有时间招待一个"闲人"的。种完葱，他还要给小油菜苗搭大棚，丝瓜要罢园……门口的竹子前几天下雪被压断了好几根，老爸喃喃自语说要把其他的拴起来。我妈使眼色，让我们赶紧进屋："不然你爸还要指挥你们去把槐树上的残雪打下来，怕把树压坏了。"

我妈经常在群里发一些滑稽的照片——每个葫芦都端坐在一个藤条编织的"宝座"上，这是我爸怕葫芦长太大掉下来摔坏，给它们做的托儿。老爸就像养了一大群孩子，操了这个的心，操不了那个的：天旱的时候操心黄瓜、豆角，下雨时又念叨着半日花被淋坏了咋办。雨下得多了，他希望多出太阳，向日葵就指望着太阳了；可太阳太烈了，他又担心晒坏了绣线菊。他祈求风不要太大，最好有足够的蚯蚓，希望鸟粪从天而降，但鸟儿们不要把柿子啄烂了……有时候看着老爸忙忙碌碌的身影，我感觉他的退休生活实在太操劳了，这个菜园子带给他无尽的辛苦。

可有一个夏天的黄昏，我被派去摘黄瓜，忽然体会到老爸独有的快乐：有什么游戏比这样的魔法更有趣呢？明明前几天已经摘空的黄瓜架，像变魔术一样，又有黄瓜挂在藤蔓中。有什么工作比园丁的劳作更有意义呢？只有亲自参与其中，潜入深处，才能逐渐领悟：生命需要付出怎样的努力，才能在坚硬顽固的黏土中挣得一方立足之地。更何况，担忧与期待，本就是园丁创作的一部分，而此后的丰收和分享，更让他在精神上收获着不为人知的满足和欣喜。

（摘自《读者》2021年第7期）

生命拔节的声音

魏瑞红

1979年1月27日，我出生在河北省广平县一个普通的家庭。父亲是河北省广平县中心学校教师，母亲刘金美是农村妇女。他们为我起名叫"瑞红"，希望我为这个家庭带来红色祥瑞，却不知道我的降生给它蒙上了阴影。

我的记忆，从3岁那年冬天一阵钻心的疼痛开始。

那天我蹲在院子里玩，母亲走过来想拉我起来回家吃饭。可就在拉到我胳膊的一瞬间，我听见骨头发出一声闷响，当时只觉得被母亲放开的左手臂垂了下来，手心顿时冰凉冰凉，每根手指都感到不可言说的麻木和肿胀。随后一阵剧痛袭来，我浑身不由自主地颤抖起来。我惨白的脸色把母亲吓坏了。待母亲回过神来，发疯似的抱起我就往县医院跑。

检查结果让母亲大吃一惊：左臂骨折！

医生用力地把我垂下的胳臂拉伸，弯曲，再拉伸。剧疼让我产生了晕眩，直到吐光了胃里的食物。当医生为我上好夹板时，我已经疼得哭哑了嗓子，瘫软在母亲怀里。母亲内疚极了，埋怨自己干惯了农活，手粗力气大，让这么小的孩子遭了大罪。

这是我记忆中的第一次骨折，母亲和家人都把它当作是一次意外。

一个月后，骨头刚愈合的我被母亲抱去医院拆夹板，可我害怕穿白大褂的医生，怎么都不肯坐到医疗室的椅子上。母亲只能强行抬起我的双腿，可就在这一瞬间，又是一声闷响！我"哇"的一声惨叫，左大腿骨当场骨折！

"这是怎么一回事？"母亲一下慌了神。亲眼目睹这一切的医生紧锁眉头："带孩子去大医院检查一下吧，看来她的问题不是骨折这么简单。"

母亲连夜带着我赶到了石家庄人民医院，医生为我拍了片子，最后诊断为"先天性骨质胶原合成障碍"。这是基因变异引起的一种罕见病，也被称为脆骨症，患病率仅为万分之一到一万五千分之一，寿命一般不会超过12岁。医生的诊断让母亲愣在了原地。

这次接骨手术却成为我心中无法抹去的战栗。

我被固定在医院冰冷的手术台上，一台大机器压在我的上方，我感觉有很多双手在使劲拽我的腿。疼痛和恐惧充满我的心头，我用尽一个孩子所有的力气来挣扎，整个医院都能听到我声嘶力竭的呼喊："疼——妈妈——疼！"

本来折成两截的大腿，在一群医生的手里竟然断裂成了三截！医生无奈地解释道："这孩子的脆骨症非常严重，如果按照正常的接骨手术来处理，很容易在接这一处骨时，又牵扯到另一关节，再次造成骨折。以现在的医疗水平和条件，这种现象很难避免。"

医生不敢贸然进行手术了，只能放弃。

赶来的父亲听说了我的情况，一把抱过我说："我们换家医院，一定会有办法的。"可是一连去了三家医院，医生都拒绝为我接骨。父亲不甘心，还想再换家医院，却被母亲一把拦了下来，她异常冷静地说："哪里都别去了，我们回家，我自己为女儿接骨！"

父亲一听，立刻反对道："你疯了吗，你以为接骨和种地一样简单吗？"

母亲的眼泪"哗"的一下涌出来："我没有疯，孩子以后会经常骨折，不可能每次都抱着她到处求医院接收，她经不起这样的折腾。孩子是我的骨肉，我知道轻重。"

当晚，母亲抱着我走到柴房，在柴堆里翻找出几根长竹板。"用这个试试，我看医生上次打的夹板就是这个样子。"母亲又将一件旧衣裳撕成长条，然后摊开一块棉布，把我轻轻放到床上。

我有些害怕，抓着妈妈的衣服不放。"红儿，别怕，让妈妈先看看。"母亲温柔的语调让我松开了双手。她用手掌缓缓托起我的左腿，可即便动作再轻，她的手稍稍一抖，我就会发出惨叫。母亲屏住呼吸，极力控制着微微颤抖的手，以极其缓慢的动作用棉布把我的左腿裹了起来。

母亲满头大汗，却仅仅完成了接骨的第一步。接下来该怎么办？母亲努力让自己镇定下来，仔细回忆着医生的操作，接着将竹板沿着我的腿在棉布外排了一圈，然后把另外一条棉布一圈圈裹在外面。

"妈妈，轻点……"我哀求着。母亲只能放慢速度，慢一点，再慢一点。

做完这一切后，母亲虚弱地瘫倒在床边，汗水和泪水顺着脸颊滴答到地上。

第二天一早，母亲找来村里的医生，医生看了看我的腿，摇摇头说："这样怎么能行，孩子的腿没有消毒，操作时没有无菌环境，断掉的骨头也没有正位，万一没有处理好，就可能压迫到血管或神经，弄不好会丢命的。"

听了医生的话，母亲的脸色骤然惨白。她求医生帮着重新弄一下，但医生用同样的理由拒绝了："万一接骨时再次骨折，我担不起这个责任啊。"

医生走后，母亲呆坐在床前苦想，医生说的这些问题该怎么解决呢？万一真的感染了该咋办呢？

半晌，母亲突然想明白了什么，她决定重新为我接骨。

母亲把几根长竹板用菜刀剁成几截，然后用刀把棱角削平整，又找来旧衣服认真地裁成同等宽度的布条。接着，母亲将竹板和布条分别洗干净，然后放到蒸笼上熏蒸、晾晒。利用晾晒的空隙，她开始收拾屋子，一遍一遍擦洗，让屋里一尘不染。原来，母亲在用自己朴素的思维去努力打造一间"无菌手术室"！

在我眼里，这样的手术室虽然不先进，却让我不再恐惧。

站在"手术床"前，母亲找来一把剪刀，在火上烤了一会儿，又用酒精将剪刀擦了一遍，然后小心翼翼地帮我解开裹在左腿上的一层层棉布。当腿露出来后，我看见母亲的眉头皱了起来。果然骨折处已溃烂，出现了感染现象！

母亲赶紧打来一盆盐开水为我擦洗，然后又用酒精给腿消毒。当酒精刺激到溃烂的伤口时，我忍不住龇牙咧嘴地哼哼，母亲就不停地为我吹。

母亲不懂正骨，她只能根据自己的理解，试图把我的腿捋直。我的腿一碰就会钻心地疼。母亲就一边给我弄，一边跟我说话，分散我的注意力："红啊，你猜隔壁家的黄狗下了几只崽？"在聊天中，我的疼痛似乎减轻了不少。

随后是漫长的等待腿骨愈合的日子。一个月后，我腿部的肿胀和疼痛还真的渐渐消失了。

这天，母亲决定给我拆掉夹板。拿起剪刀，母亲的心提到了嗓子眼，因为她压根儿就不知道夹板下面我的腿是否真的愈合了。

当棉条和夹板一层层被解开，露出一截比骨折前还要白嫩的大腿时，母亲的眼神亮起来，激动地对我说："红啊，成功了！不怕了，以后都不怕了！妈妈能给你接骨了！"

是啊，这次"手术"的成功意味着我能拥有一间"专属手术室"，我再也不用担心骨折时没有医生愿意接收我，母亲就是我的移动生命站！

骨头愈合后的时光总是那么短暂而珍贵。

不到半年，我又因为掰一块烧饼而上臂骨折。虽然我和母亲都不像从前那样惊慌，但每次接骨手术都有引发全身骨折的风险。

母亲与我约法三章，没有她的允许，禁止出门。但我毕竟是孩子，对外面的世界充满了渴望。看见我每天趴在窗口往外张望，母亲于心不忍，找来了一个像书包一样能背的木箱。把消过毒的竹条、棉布、剪刀等"手术必需品"一一摆放整齐。为了防止我摔倒，母亲又给我买了一辆童车。天气好的时候，母亲就背着大箱子，推着小车带我出门。自此，我开始走出屋子认识外面的世界。

母亲为我接骨的经验越来越丰富。她能以最快的速度判断出骨折部位，然后进行相应处理：前臂骨折需要固定掌侧和背侧，然后用三角巾将前臂悬挂；小腿骨折需要将夹板固定在腿外侧，脚部用"8"字形绷带固定……每次"手术"母亲都会边做边跟我讲解。

9岁那年，母亲决定将我送进小学。虽然学校离我家不远，但那时候我已经身高1.1米，体重也有30千克。每天，母亲都抱着我奔波在家与学校之间，一天要跑三个来回。

因为我不方便上厕所，每次我都尽量少喝水甚至不喝水。因为口渴，我的声音沙哑，嗓子眼肿得难受，嘴角翘起了白皮。母亲知道后，让我别渴着自己,她利用干农活的间隙,赶到学校,把我抱到厕所。

我在上学——骨折——接骨休养——再上学的轮回里,努力成为一个优秀的人。

1997年中考,我从东梦古中学300多名考生中,以总分645分、全校第5名的成绩考入广平一中。然而,广平一中距离我所在的东梦古中学家属院10里远。10里路,母亲再也没有能力抱我了。

难道就这样放弃读书吗?十几年来的生活片段,在我脑海中像过电影一样。母亲拼尽全力地为我手术、送我读书,绝不是为了让我仅仅活着,而是要让我活得有意义,活得精彩……

我无所畏惧地开始自学生活,3年时间学完了高中课程,我还对写作产生了浓厚的兴趣,陆续在一些报刊上发表自己的文章。

2003年,我再次对自己发出挑战,报考了北京大学心理系自学考试。

从2003年10月到2005年5月,仅一年半时间,我通过了北京大学心理系自学考试全部课程,成为那一届第一个毕业的学生。

之后,又经过3年的刻苦学习,我先后获取了国家心理咨询师三级、二级资格证。

2009年,我加入北京瓷娃娃协会,为全国10万脆骨症患者提供帮助。此时的我已不再畏惧骨折,骨折的声音也是我生命拔节生长的声音,两种声音融为一体,无法分割。

就在我用一个又一个成绩回报这份深沉的母爱时,母亲却因常年劳累而病倒了。

母亲在干活时突发脑出血,她疼得在地上打滚,不停地揪着自己的头发,痛苦得脸都变了形。那天,母亲用微弱的声音对我说:"红啊,妈这个病没谱,可能说走就走,妈妈以前给你接骨时教你的,你都记住了吗?"

我"哇"的一声哭了起来，我此刻才真切明白母亲过去反复教我接骨方法的良苦用心。

也许是上天怜悯操劳一生的母亲，3天后母亲脱离了生命危险。

母亲的这次劫难，让我萌生了写一本自传体小说的想法，我想记录一个脆骨症女孩的生活，只为铭记我走过的岁月和得到的爱。

为完成这本书，我在北京租了一间不到8平方米的小屋，每天只休息4个小时。2012年5月，15万字的自传体小说《玻璃女孩水晶心》终于完成，并顺利出版。

在新书发布会上，我告诉读者，这本书是我送给母亲的最好礼物。在我33岁的生命中，是母亲让我战胜病痛，给我勇气，让我原本疼痛的人生拥有幸福。

长夜未央，有庭燎之光，照亮我未来的路。

（摘自《读者》2013年第4期）

永远的微笑

曹可凡

陈 歌 辛

一年一度的《我和春天有个约会》主持人歌会启动时，节目制作人林海提议，是否可以让我和黄龄演唱经典老歌《永远的微笑》，并由作曲家陈钢亲自伴奏。听罢此创意，我们不禁拍案叫绝。《永远的微笑》为陈钢的父亲陈歌辛赠予爱妻金娇丽的礼物，当年一经周璇演唱，迅即红遍上海滩。

说起此歌，我不由得想起20余年前与袁鸣联合主持综艺节目《共度好时光》时，其中专门设置"情怀追寻"板块，"美丽到八十"单元便讲述了一代"歌仙"陈歌辛与妻子金娇丽动人的爱情故事。

陈歌辛曾追随德籍犹太音乐家弗兰克尔学习音乐，他风流倜傥，才华横溢。金娇丽为其学生，16岁被推选为校花，还在新新公司楼上的"琉璃电台"担任播音员。金娇丽曾如此描写陈歌辛："他在上课时穿一件熨得平整的深蓝竹布长衫，而且半件已洗刷得发白了。我喜欢上这英俊青年，认为他'穷就是好的'。"然而，这段师生恋差点因家境与门第悬殊而夭折。金娇丽为吴宫饭店经理的掌上明珠，陈歌辛祖上虽为印度贵族后裔，但早就家道中落，如今勉强度日，世俗偏见几乎棒打鸳鸯。

金娇丽外表看似柔弱娇小，内心却坚强无比。她公然违抗父命，与陈歌辛租借陋室，共筑爱巢。兴许是受爱情滋润，《玫瑰玫瑰我爱你》《蔷薇蔷薇处处开》……一首首情歌从陈歌辛的心底汩汩流出，而金娇丽永远是丈夫作品的第一欣赏者。二人虽蛰居于逼仄的旧屋，但心怀大爱，相互激励。没过多久，陈歌辛"歌仙"的雅号便不胫而走。一时间，上海的流行歌手，如周璇、姚莉、李香兰等，均以演唱陈歌辛的作品为荣。

艺术家天生浪漫敏感，与女歌手相处日久，难免互生情愫，陈歌辛也不例外。他与姚莉的哥哥姚敏都曾对李香兰倾慕不已。而李香兰对陈歌辛亦赞赏有加，他们彼此惺惺相惜。但碍于家室，陈歌辛始终保持克制。他与姚敏相商，共同创作一首歌曲，以纪念彼此的友谊。于是，姚敏借用唐代诗人张籍《节妇吟》中的名句"还君明珠双泪垂，恨不相逢未嫁时"，与陈歌辛共同写出传世之作《恨不相逢未嫁时》："冬夜里吹来一阵春风/心底死水起了波动/虽然那温暖片刻无踪/谁能忘却了失去的梦/你为我留下一篇春的诗/却教我年年寂寞度春时……"舒缓委婉的旋律之下，蕴藏着翻江倒海的情感纠葛，无奈苦恼，缠绵欢愉，尽在不言中。

而一首《苏州河边》则记录了陈歌辛与"银嗓子"姚莉一次难忘的姑苏之旅。那时，他们俩随公司同去苏州游玩。月夜之时，他们漫步于小桥流水间,感受单纯的美好。回沪后,陈歌辛以白描方式写出《苏州河边》。"河边不见人影一个／我挽着你,你挽着我／岸堤街上来往走着／夜留下一片寂寞／河边只有我们两个／星星在笑／风儿在妒／轻轻吹起我的衣角／我们走着迷失了方向／尽在岸堤河边彷徨……"音乐与词曲均返璞归真,唱出了少男少女纯净的内心世界。姚莉晚年说起这段往事,仍感动不已:"那时候,虽然歌中唱到'挽着手',但实际上,手根本没有碰过,是名副其实的'发乎情,止乎礼',但是非常美好。"彼时,姚莉已是耄耋之年,但说起前尘往事,眼睛里仍闪过一丝光亮。

金 娇 丽

虽然生命之河中翻起过几朵情感浪花,但陈歌辛一生挚爱仍非妻子莫属。"心上的人儿,有笑的脸庞／她曾在深秋,给我春光／心上的人儿,有多少宝藏／她能在黑夜,给我太阳／我不能够给谁夺走,我仅有的春光／我不能够让谁吹熄,胸中的太阳／心上的人儿,你不要悲伤／愿你的笑容,永远那样。"陈歌辛专为妻子创作的这首《永远的微笑》,旋律简洁优美,情感真挚浓厚,有疼爱,有怜惜,更有鼓励,难怪陈歌辛哲嗣陈钢称"这是父亲送给母亲的音乐素描"。1957年,陈歌辛不幸成为右派,被发配至白茅岭农场。作为妻子,金娇丽不离不弃,每年春节都不辞辛劳,独自冒着风雪,跟跟跄跄地行走于崎岖山路间,去看望丈夫。漫漫40公里长路,她的耳边尽是凄厉风声,心里却涌动着《永远的微笑》的旋律。她曾在一封家书中记叙当时与丈夫相见的难忘时光。"相聚一夜,诉不尽的情。没条件像在家里时那样对饮红茶,谈天说地,只能苦中作乐,用刚洗过套鞋的泥水放在小铅桶里煮茶而饮,也就满足了。茶未喝完,队里的哨子吹响了，让家属乘汽车去赶火车。虽然难分难舍，但必须走啊！我一路哭到家。"但回到家里，作为母亲，她又必须抹干眼泪，承担起照顾孩子的职责。她没日没夜地抄谱，挣着72元的救命钱，维持全家最低生活水平。原本想着终能等到丈夫回来的那一天，但陈歌辛仅留下一盏煤油灯和一句"你要保重"的叮咛，便长眠异乡。闻听噩耗，金娇丽当时就不省人事，但最终她仍坚强地只身前往白茅岭，接回陈歌辛的遗骨。

"屋漏偏逢连夜雨"，次子陈铿也被划为右派，参加劳动改造。由于内心煎熬，他想一死了之。金娇丽为此赶至复旦大学与儿子谈心。"你父亲客死他乡，我一个女人，独自将其尸骨接回。虽说万念俱灰，但从来没想过'死'这个字。是我的儿子，就一定不能自暴自弃，否则便不是我儿子。"母亲这一番话，让陈铿从绝望中获得重生。所以，长子陈钢感慨："母亲经历了太多苦难。如果是一个稍微脆弱点的女性，恐怕早已承受不住。在那么困难的情况下，她还充满自信，热爱生活。这一点是我们全家受用不尽的财富。"

果然，当金娇丽女士身着白底绿花丝裙，款款走上《共度好时光》的舞台，讲述过往的艰难与坎坷时，仍保持着一份难得的淡定与优雅。她说："我只是一个很平凡的母亲。虽然经历过不少风风雨雨，但现在我觉得很幸福。为什么呢？因为我的孩子都是在逆境中长大的。所以，他们懂得自尊、自爱、自强不息。他们非常爱我，我也非常爱他们。我记得冰心老人说过，有了爱就有了一切。我有了这些爱，所以我的晚年很幸福。"她还风趣地教育陈钢兄弟要向劳模徐虎学习，为人民服务。观众席爆发出热烈的掌声。她告诉我，原本她要去美国看望次子，但听说我们的节目要回忆陈歌辛，便毅然更改行程。为了率子女在舞台上演唱《永远的微笑》，她还专门去位于衡山路小红楼的中国唱片厂试音，所用话筒还是当年周璇所用旧物。睹物思人，金娇丽在微笑中流下热泪，但她说，自己早已走过悲伤，生命的航船正驶向圆满的彼岸。所以，这是充满幸福与感恩之泪。

如今，在陈钢先生的钢琴伴奏下，我与黄龄共同唱起《永远的微笑》，我们仿佛看到陈歌辛先生与金娇丽女士正相依相偎，含笑注视……

人生固然转瞬即逝，但艺术可使之获得永恒；生活难免会遇到困顿与挫折，但微笑能让我们在风雨里战胜苦难，从黑暗中寻到光明。

（摘自《读者》2021年第5期）

最好的药
魏一例

怎么也没想到，我接诊的第一个新型冠状病毒肺炎患者，是警车开道送来的。

那是2020年1月15日，在隔离病区待命多时的我接到电话：一个确诊的新型冠状病毒肺炎患者要转到我们病区来。放下电话，我叮嘱值班的护士做好准备，然后自己穿好防护服到防护楼门口等待。

远处，红蓝灯在路的尽头闪烁，我突然意识到，这是警车在开道。警车在距离防护楼门口10米远的地方停下了，后面的救护车继续朝前开，到防护楼门口才停下，救护车的门一打开，病人下了救护车——自己走下来的。

我的第一感觉是他不像一个病人。他拿着一个背包，自己走下车，像是在回家路上突然被叫醒，却发现自己到了一个并不认识的地方。资料上写着他姓万，比我大一点，我就喊他"老万"。

老万是我们这个新型冠状病毒省级定点医院隔离病区建成以来，收治的第一个确诊患者。

做完交接，我对老万说："您跟我走吧。"老万没说什么，只摆一摆手，算是跟我打了招呼。老万跟着我进了防护楼。后来我才意识到，那是老万漫长的治疗期前，最后一次看到外面的天空，吹到外面的风了。

隔离病区在2楼，电梯从1楼到2楼只要几秒钟，我却觉得时间漫长。电梯里只有我和老万两个人，我们都没有说话。我特意看了看老万的眼睛，那双眼睛很空洞，里面不知道是恐惧还是不知所措。

其实我想跟他说两句话，但我不知道该怎么开口。他知道自己被确诊了，我也知道；他明白这意味着什么，我也明白。他没有看我，可能他对这几天围绕在自己身边这副装扮的人已经习惯了。他只是木讷地看着电梯上升的数字从1变到2。门开了，他在等我先出去。

进到隔离病房，关上安全门，我需要给老万做一些基础的检查。我一边测体温，一边趁机和老万说话："你感觉怎么样？"

老万抬起头，明显错愕了一下，甚至有点惊慌，定定地看着我，开口说了第一句话："你不怕我吗？"

我指了指防护服，说："我穿着这些还怕你吗？倒是你，你看到我这样，不害怕吗？"

老万挂着口罩的耳朵动了动，也许是挤出了一个笑："我很感谢您，被确诊以来，您是跟我说话离得最近的一个人。"

我愣了一下。

因为得病，老万没法跟别人接触，别人也不敢跟他接触，这是非常真实且无法逃避的"被隔离"、被关进笼子的感觉。忽然从一个正常人变成因疫情而被追踪的确诊病人,这个角色转变来得太快了——忽然被隔离在一个小屋子里,不能走出去半步,谁都见不到;没有缓冲,没有过渡,确诊后就立刻被隔离,心里其实很难一下接受。

我拍拍他的肩膀,说:"老万,你不用担心,来到这里咱就是朋友了。"

其实说这话的时候,我也心虚。在这样一个大阵仗、大环境下,没有经验,不知道该怎么办,人不害怕是不可能的。但从接到老万的那一刻起,我就没有把他当成病人,而是想和他做朋友。这是我有意为之的。

病区筹建的时候,我曾站在隔离病房的那扇窗户外面无数次设想过:如果我得了这个病,会是什么状态?我会有什么心情?我需要什么?

一个可以说话的朋友,或许就是在这样的时刻最能给我安慰的。

因为穿着防护服,彼此很难认出对方,医护人员会在各自的防护服上做标记。我在胸口左边写了自己的名字,又画上一颗红色的爱心,右边写了一句对老万说的话:"别怕,我跟你在一起。"

我们请几个专家会诊了老万的病情,为他制订了适合的治疗方案。我密切关注着老万的各项生理生化指标和化验结果,除此之外,还每天固定两次,进病房和老万"话聊"。

对于这个疾病的进展,目前谁也不知道明确的阶段或者说周期,但是病人的心理状态每分每秒都在变化,随着隔离时间的延长,一天一天,恐惧、焦虑都会加重。

疫情防控中最容易被忽视的,就是像老万这样的确诊患者的心理问题。他们的压力主要来自对家人的愧疚——一人确诊,全家都要被隔离。而且,在这个过程中他们见不到家人,我们就是他们每天能够见到的唯一对象。

每次跟老万聊天,我都会格外留意老万的反应,从他的反应判断他的状态。我需要的并不是他听我的,或是信我的,我需要他参与进来。其实,感染性疾病的康复主要得靠病人自身的免疫系统,用药只是抑制病毒的繁殖,并不能将其杀灭。所以说人很重要,病人自己很重要。而对这些被隔离的人来说,最重要的莫过于"希望"。

有一天,我发现老万特别烦躁,一见到我就像抓到了救命稻草,着急地说:"您能帮我个忙吗?"我赶紧问怎么了。他说自己带着老婆、孩子去见过父亲。"现在我被确诊了,我父亲也被强制隔离了,我父亲80多岁的人了,生活不能自理,脾气又倔,我这实在是没办法了……"老万听说父亲一直抗拒隔离,特别不配合,因此非常担心。"您能帮我协调一下吗?让我老婆跟我父亲在一块儿隔离,这样也能照应一下,或者让他在家隔离。"

这对我来说是一项不可能完成的任务,因为牵涉到两家医院,我也不能去干涉隔离政策,但是作为老万的朋友,我知道这件事对他来说有多重要。我抱着试试看的心态打电话给疾控中心,说明了情况。疾控中心很重视老万的情况,答应尽量协调。第二天,老万的家人就过去照顾老万的父亲了。当天下午,老万父亲的咽拭子核酸检测显示阴性,获准居家隔离。

我把这个好消息告诉老万,老万的脸被口罩遮盖,但露在外面的那双眼睛热切地看着我,眼圈渐渐红了。老万没说话,却主动握了握我的手。我正在用我的方式支撑老万参与到自己身体的这场"保卫战"中。

老万是家里的老三,他自己在武汉,两个哥哥都在我们这座城市。大年初一,老万的哥哥来给老万送饺子。他哥哥一见到我就拉住我给我拜年:"您辛苦了。我弟打电话都说了,我知道您很勇敢,但是您要保护好自己。今天是大年初一,我给您拜个年吧。"说完给我深深鞠了一躬。

那一刻，我真的差点绷不住。我突然意识到，我们和病人之间其实是互相支撑的。

我一直把自己想象成战士，在战场上坚决不能退缩，不能有任何思想波动。但其实我也清楚，自己就是个穿着白大褂的普通人。从1月15日开始一直到现在，不分昼夜、不知阴晴、连续不断地工作，听见老万哥哥那句话的时候，我，特别想家，想给家里打个电话。

我想告诉老万，也告诉那一晚的自己：别怕，有很多人跟我们在一起。

（摘自《读者》2021年第6期）

名　角

贾平凹

　　杨凤兰是西安南郊人，十一岁上跟李正敏学戏，翌年即排《三对面》，饰青衣香莲。凤兰个头儿小，家人牵着她去后台装扮，一边走，她一边嚷道："我要吃冰糖葫芦。"家人说："你是香莲了，还贪嘴？"凤兰听了嘴噘脸吊，但到锣鼓声起，粉墨登场，竟判若两人——坐则低首嘿答，立则背削肩寒，抖起来如雨中鸡，诉起其冤声口凄婉，自己也骨碌碌坠下泪来，一时间惊动剧坛。李正敏说："这女子活该演戏，但小小年纪竟能体味苍凉，一生恐要困顿了。"李正敏愈加爱怜栽培，传授《三击掌》《徐母骂曹》《二进宫》给她。

　　凤兰渐渐长大，已是名角，拥有众多戏迷。她不喜张扬，见人羞怯，伏低做小。剧团多有是非，无故牵扯到她，旁人都替她发怒了，她仍只是忍耐，静若止水。一年夏天，她回村探母，正在屋里梳头，墙外忽有枪声，有东西跌落院中。她出来看时，有鸟坠在捶布石下，矮墙头上露出一张人脸，此人背着猎枪，挤眉弄眼，示意鸟是他打中的。凤兰有些恼，提了鸟丢出去，那人却绕过来，收住脚，在门首呆看。凤兰耳根通红，口里喃喃暗骂，掩门不理。又一年后，女大当嫁，有人提亲，领来一个小伙儿见面，竟是打鸟人。小伙儿笑道："我早打中的。"其时凤兰二十三岁，谭兴国大其九岁，且带有一个小孩。亲戚里有反对的，但凤兰不嫌，认定有缘，遂与之结为夫妇。

秦腔虽是大剧种，却历来慷慨有余而委婉不足，出了西北就行之不远。李正敏毕生力戒暴躁，倡导清正，死时紧握凤兰的手，含恨而终。凤兰见恩师长逝，哭昏在灵堂，立誓发扬"敏腔"艺术，此后愈加勤苦，早晚练功不辍，冬夏曲不离口。她出演了《白蛇传》《飞虹山》《谢瑶环》。每次演出前，凤兰都在家叩拜恩师遗像，谭兴国在旁收拾行装，然后骑自行车送凤兰至剧场。谭兴国那时在一家话剧院做美工，凡有凤兰演出，必坐于台下观看，一边听观众的反映，一边做记录，回家便为凤兰的某一唱句、某一动作提建议、做修正。灯下两个人戏言，凤兰说："我这是为戏活着呢！"兴国说："那我就为你活着！"刚说毕，窗外"嘎啦啦"一声雷响，两个人都变了脸。

二十七岁那年，凤兰演《红灯记》，只觉得脖子越来越粗，却并不疼，也未在乎，衣服的领口就由九寸加宽到一尺一，再加宽到一尺三。演第二十七场时，她突然昏倒在台上，急送往医院后，被诊断为甲状腺癌，当即做手术，取出了八个瘤子。医生告诉兴国："人只能活两年。"兴国跑出医院，在野地里呜呜哭了一场，回来又不敢对凤兰说。数月里，兴国在医院伺候凤兰，夜不脱衣，竟生了满身虱子。凤兰终于知道了病情，将硬如石板的半个脖子，敲得"嘭嘭"响，抱着李正敏的照片泪流满面。

她写下遗书，数天不吃不喝。兴国铺床时，在褥子下发现了遗书，一把抱住凤兰放声大哭。凤兰说："我不能唱戏了！我还活着干什么？！"兴国说："有我在，你不能走，你能唱戏的，我一定要让你唱戏！"兴国把凤兰的病历复印了几十份，寄往全国各大医院，希望能找到好的医疗方案。这些医院差不多都回信了，大体的意见是只能做化疗。在漫长的化疗过程中，兴国四处求医问药，自己也开始学中医，配药方。凤兰竟每天数次以手指去拨声带，助其活动。凤兰服用了二百八十多服兴国开的药，奇迹般地活了下来。

  出院五个月后，凤兰真的上台演出，已经演了七场。在第八场演出中，她正唱着，突然张口失声，顿时急得流泪。满场观众一时惊呆，都站起来，静悄悄地，等知道是怎么回事，皆哽咽了。从此，凤兰失声。凤兰不再去想死，一心要让声再发出来，但声还是发不出。百药服过，再去学气功，凤兰竟成了气功师最好的弟子，多半年后，慢慢有了声。气功师见她刻苦，悟性又好，要传真功给她，劝她别再演戏，师徒云游四方去。凤兰说："我要不为演戏，早一根绳子去了，何必遭这么大的罪？"每次练功前，她都念叨李正敏，一念叨就精神倍增。气功师也以为奇，遂授真功给她，收为干女儿。发了声后，凤兰急于唱戏，但怎么也唱不成，音低小得如耳语。如此又是数年，她开始了更为艰辛的锻炼，每日早晚，都"咪咪咪""发发发"，一个音一个音往上练，常常几个月或者半年方能提高一个音。每每提高一个音，她就高兴得哭一场，然后在李正敏的遗像前烧香焚纸。兴国照例要采买许多酒菜，邀朋友来聚餐庆贺。凤兰在北京疗养练声期间，兴国月月将十分之八的工资寄去北京，自己则领着两个孩子在家吃粗的、喝稀的，每到傍晚才去菜市，刨堆儿买菜或拣白菜帮子回来煮着吃。凤兰终于从北京拨来电话，告知她能唱出"希"和高音"哆"了，夫妇俩在电话里激动得放声大哭。

当凤兰再次出现在戏台上，剧场响起爆炸般的欢呼声；许多观众竟跑上台去，抱住她又哭又笑。

一个演员，演出就是其生命存在的意义。杨凤兰人活下来了，又有了声音，她决心要把耽误了的十多年补回来，把"敏派"艺术发扬光大。但是，灾难和不幸总是纠缠她。一次演出途中，发生了车祸，同车有两个人死亡，她虽然活了下来，却摔成严重的脑震荡，而且一只臂膀受伤，落下残疾，再也无法高举。更要命的是，那时戏曲在中国正处于低潮，所有演出单位只能下乡到偏远地区表演方可维持生计。凤兰毕竟身子孱弱，不能随团奔波，所以她的脾气变坏了，终日在家浮躁不宁。兴国劝她，她就恼了，说："我苦苦奋斗了几十年，现在就只能去唱唱堂会吗？！"兴国也苦恼，琢磨着凤兰不能在剧场演戏了，能不能给她拍电视录像片。与几个搞摄像的朋友合计后，他回来对凤兰说："我有办法让你正经演戏，就看你能不能成。"他说了主意，凤兰猛地开窍，当着众人的面搂抱了兴国，说："知我者，兴国也！"

拍电视片又谈何容易？首先需要钱，夫妇俩从此每日骑了车子去寻找赞助，大半年时间，这个公司讨一万，那个熟人讨三百，得到过支持，也承受了嘲弄，终于筹集了十二万八千元，兴国也因骑自行车磨破了痔疮躺倒过三次。凤兰选择的剧目是《五典坡》，《五典坡》是李正敏的拿手戏。但旧本《五典坡》内容芜杂，夫妇俩多方向专家学者求教，亲自修改，终于开拍。辛辛苦苦拍摄了，却因经验不足、用人不当，拍成后全部报废，钱也花光了。夫妇俩号啕大哭。哭罢，你给我擦泪，我给你擦泪，咬了牙又出去筹款。

这一次凤兰谁也不信，只信兴国，要兴国做导演。兴国的本行是剧院美工，在国内获得过三次大奖，虽从未当过导演，但对艺术上的一套颇为精通，又经历了上次失败，就多方请教，组成强有力的拍摄班子。新的拍摄开始，一切顺利，凤兰极度亢奋，常常一天吃一顿饭。兴国更是从导演、布景、灯光、道具，到所有演员、工作人员的迎来送往、吃喝休息，事无巨细地安排操持，每天仅睡两个小时。一日，夫妇俩都在现场的架子上，兴国扛着摄像机选机位，往后退时，凤兰瞧着危险，喊："注意！注意！"不料自己一脚踏空，仰面从高架上跌下来，左脚粉碎性骨折。凤兰在床上一躺就是八个月。八个月后，带着一臂一脚都残疾的身子将戏拍完，凤兰体重减轻了十斤，她笑着说："活该戏要拍好的，后边的戏是王宝钏寒窑十八年，我不瘦才不像哩！"片子后期制作时，资金极度紧缺，夫妇俩将家中仅有的几千元存款拿出来，但仍无济于事，就乞求、欠账，寻找廉价的录音棚，跑几百里外的地方租用便宜的剪辑设备。刚刚剪辑了前两部，夫妇俩高高兴兴地搭公共汽车返回，兴国就在车上睡着了，醒过来后，他觉得肝部疼，便用拳头顶着。凤兰见他面色黑黄，大汗淋漓，忙去扶他，兴国就昏倒在她怀里。送去医院后，兴国被诊断为肝癌晚期。半年后，兴国死去，临死拉住凤兰的手，不让凤兰哭，说："凤兰，咱总算把戏拍完啦。"

《五典坡》新编本《王宝钏》三部放映后，震动了秦腔界。凤兰扮相俊美，表演精到，唱腔纯正，创造了一个灿烂的艺术形象，《王宝钏》被誉为"秦腔精品"。一时间，三秦大地上，人人奔走相告，报纸上、电视上连篇累牍地报道，各种研讨会相继召开，堪称盛事。电视台播映那晚，各种祝贺电话打给凤兰，持续到凌晨四点。四点后，凤兰没有睡，设了灵桌，摆好李正敏的遗像、谭兴国的遗像，焚香奠酒，把《王宝钏》录像带放了一遍。放毕,天已渐亮,开门出来,门外站满了人,全是她的戏迷,个个泪流满面。

(摘自《读者》2021年第7期)

1% 的世界有多大

陶勇 李润

2011年4月26日，岳岳的妈妈带着他第一次找到我。那时他8岁，我31岁。

初次见岳岳时，我正跟着黎晓新教授专攻葡萄膜炎。岳岳在一年前被诊断为白血病，接受了脐带血干细胞移植手术，术后眼睛发生了病变，这次来是因为已经有一个月的时间他什么都看不见了。我给他做了初步检查，发现他的眼睛里混浊一片，根本看不见眼底，是什么原因造成的都搞不清楚，更别提治疗了。

岳岳一家是山西阳泉人，他的爸爸是长途客车司机，早出晚归，靠着微薄的收入支撑一家人的生活。他的妈妈是农民，自从岳岳被确诊为白血病后就放弃了农活儿，全职陪他看病。一家人原本清贫但幸福的生活被岳岳突发的疾病完全打乱了，从他被确诊为白血病那天起，岳岳的父母就陷入一种希望与绝望不断循环的折磨中。

　　岳岳的妈妈告诉我，这一年，他们母子不是在医院，就是在去医院的路上，看病花光了家里所有的积蓄，还欠了一屁股债。本来做完脐带血手术后家里人稍稍缓了一口气，但没想到噩梦接连袭来。

　　岳岳的妈妈那时还不到40岁，但整个人面容憔悴、头发凌乱、身体瘦弱，显得特别苍老。这一年中，她经历了太多的痛苦，流过太多的眼泪，她语气平静地问我："大夫，你就实话告诉我，还能治吗？"

　　这样的问题，我每天都要回答很多次，我知道自己的一句话对患者来说意味着什么。我安慰她："我会尽全力保住你儿子的眼睛，你千万别放弃。"

　　岳岳的妈妈眼神里闪出一丝光，激动得直向我道谢。那时的我刚刚成为副教授和副主任医师，正踌躇满志；再者，我之所以选择专攻葡萄膜炎，也是希望能挑战一些复杂的病例，让自己的工作更有价值。想到我可能是她最后的希望，我在内心暗暗发誓，一定要治好岳岳！

　　岳岳特别乖，也特别勇敢，虽然他看不到我，但我能从他的表情中感受到那种求生的力量。我带他进手术室抽取眼内液准备做详细检查。我问他："待会儿叔叔要往你的眼睛里扎针，会有些疼，你忍得住吗？"他特别懂事地点了点头，但牵着我的手攥得紧紧的。

　　一个8岁的孩子，往往打个疫苗都会哭叫，但岳岳在整个过程中硬是一声没吭。看着他，我总有一种说不出的心疼。

　　一个月后，岳岳的病因终于找到了，是非感染性的炎症，用过局部激素后他恢复了视力。岳岳的妈妈激动得泣不成声。她告诉我，这一年中，她哭过很多回，早已习惯了大夫摇摇头让她回去的场景。

　　病因虽已找到，但治疗仍是一个复杂的过程，葡萄膜炎特别顽固，越是身体差、家庭条件不好的人，越是容易复发，眼睛不断地发炎就需要不断地治疗。

从那以后，岳岳的妈妈就开始了带着他由山西往返北京的艰辛之旅。若是病情严重需要住院治疗，长则十天半个月，短则三五天。除去医药费用，他们能省就省，岳岳的妈妈经常在医院走廊、公园里凑合着过夜。

岳岳和我相熟后话开始多了起来。他对医院的一切都相当熟悉，遇到刚住院的新患者，他还能扮演小志愿者，帮他们引路，给他们建议。医院的护士也熟悉了岳岳，很喜欢他，喜欢听他讲故事、说笑话。有时他会跑到护士站看自己的档案，看到高昂的费用，他总是难受地叹气说："家里已经没钱给我看病了。"

因为得病，岳岳比别的小朋友晚两年上学，9岁时才上一年级，但因为身体免疫力低下，遇到刮风下雨、季节变换的时候，他就没法去学校了。

可能是老天拿走了岳岳的健康就给了他异于常人的大脑，也可能是他太珍惜上学的机会，他的成绩特别好，在一年缺课大半的情况下，数学居然还考了全班第一名，教他的老师都觉得不可思议。我查房的时候，经常看到他抱着点读机在床上认真地学习。

2015年，岳岳已经12岁了，我也35岁了。他来找我做第34次复查，不知不觉中他长高了许多，已然变成了一个半大的小伙子，我逗他时他就不好意思地笑。

他的眼疾随着自身免疫系统越来越差变得更加"顽劣"，出现了视网膜脱离。儿童视网膜脱离，要做手术很难，若是治疗由炎症引发的儿童视网膜脱离，那就难上加难。

有一段时间，他的眼底视网膜反复脱离，我给他做了3次手术，每次手术都要好几个小时，但效果不是很好，我也有了深深的绝望感。于是，我找到他们母子，将实话告诉他们："我尽力了，但真的保不住了。"岳岳的妈妈知道我的性格，所以她没有表现得太失望，她知道，我若说尽力了那就是尽力了。她还不断地向我道谢，然后准备带岳岳离开。我心里特别难过，那种自责与遗憾像巨石一样压在我的心头。但是，岳岳不动，他坐在椅子上不肯起来，低着头，也不说话。

岳岳的妈妈拉我走出病房，她跟我说："你劝劝他，让他放弃吧。"我走进去，可过了半天都不知道该如何开口。劝一个人放弃光明，这真是太残忍了。这时，岳岳突然说话了。他说，自己6岁时被诊断出白血病，特别难过，家里人带着他跑遍了各大医院，最后到了北京儿童医院，医生让他隔离治疗。那时他爸妈就想放弃了，可他不肯。他爸妈问他，你一个人在医院，不怕吗？他说，怕，但他更想活着。最终，父母还是把他带回家治疗了。他说，那一次，他想到了死。此刻，他仰着头看着我说："陶叔叔，你别放弃我，好吗？"

于是，我硬着头皮继续给他做手术，高昂的医药费、艰难的求医路、看不到尽头的磨难，我们所有人都承担着巨大的压力与痛苦。很多人都劝我放弃，说我这样坚持，只会让他全家更痛苦。可岳岳的爸妈说："陶主任，只要你觉得有一丝希望，咱砸锅卖铁也治。"

七八年间，每年少则两三次，多则几十次的治疗，岳岳母子俩坚持往返北京。岳岳越来越高了，他妈妈却越来越老了。有时候她把孩子送进手术室，等我出来后发现，她已经在长椅上睡熟了。那个时刻，我真切地被人性的伟大感染，母爱足以让一个平凡的女子变成英雄。她大字不识几个，但为了岳岳，可以骑一个多小时自行车去城里的网吧查资料，还学会了给我写邮件。她把白血病和葡萄膜炎这两个复杂的病症研究得像半个专家。这么多年过去，她已经不仅仅把我当作一个大夫，而是看作她的战友和亲人。她相信我说的所有话，她说最喜欢看我笑，每次带岳岳来复检，如果我看诊完笑了，那是她最开心的时刻；如果我看诊完皱了眉，她会感觉天要塌了。

2019年7月8日，岳岳第53次复查，这时他已经16岁了，而我的女儿也8岁了，和他第一次来找我时一样大。

时间过得好快，匆匆已过近10年，岳岳的两只眼睛前前后后做了10次手术，至于眼睛上扎过的针，少说也有100次了。他已经完全习惯了这种折磨，手术时从来不做全麻，只做局麻，他说比起做脊柱穿刺，眼睛手术的疼痛根本不算什么。

我带的研究生也都非常敬佩这个男孩，问他："你不怕吗？"岳岳笑得很开心，但是没有回答这个问题，反而把话题岔开说，他爸爸长年跑长途，已经好多年没回家过年了，他爸说，如果这次手术顺利，就回来陪他过年。

在我坚持不懈的努力下，岳岳的眼底视网膜终于不再脱离，但反反复复的慢性炎症造成了视网膜钙化。钙化使得本该柔软的视网膜变得像骨片一样坚硬，最终残留的正常的视网膜就像孤岛一样守护着他仅存的一点儿视力。

为了保住他的视力，我不得不寻找另一条路——工程学。也许是冥冥中注定，我无意中认识了从美国留学归国的黄博士和清华大学毕业的宋博士，这让我看到了一线曙光。

我多次跑到他们的实验室参与他们的讨论，他们对岳岳非常关心。白天我们忙工作，晚上我就去他们的办公室，边吃泡面边听他们讲技术方案。黑板上画满了我看不懂的符号，但我一点儿也不觉得枯燥，我知道这些符号里有让岳岳复明的可能，我也一下子理解了岳岳的妈妈——只要医生不放弃,她就充满斗志。

再后来,从澳大利亚留学归国的翁博士和北大的冯博士以及Coco也加入了,他们特别热心地和岳岳及其父母沟通,了解他们的生活状态和生活场景,希望尽可能地研究出能帮到他生活方方面面的产品。

我和他们一起做了定量反映视觉改善状况的方案,他们很耐心且认真,不厌其烦地测试岳岳的视觉变化状况,协同研究人员不断地修改方案,改进产品设计。

就在我们所有人即将成功的时刻,我出事了(2020年1月10日,北京朝阳医院发生暴力伤医事件,陶勇医生身受重伤——编者注)。后来岳岳的妈妈说,当知道我出事后,她觉得比听到岳岳彻底失明还让她绝望。她连着几宿都睡不好,给我发了短信和邮件,她也知道我看不到,想来医院看望却无奈被疫情阻隔。岳岳知道后,一向性格开朗的他,好多天不说话,也不笑。

2020年7月,我已经康复出诊100多天了,Coco发来了岳岳重新开始读书写字的照片。经过一年的科技攻关,专门为岳岳设计的智能眼镜做好了,岳岳戴上后,可以重新看到书本上的字。

10年过去了,岳岳长成了大小伙儿,个头和体重都和我差不多。

10年来,命运对他太残忍,白血病已经让他难以负重,老天又差点儿夺走了他的光明。这10年中他从未放弃,在6岁时他就喊出:"我要活着!"而今,他不仅活着,还抢回了光明,学习了知识,收获了希望。

每当我想起他,眼前就会浮现各种画面:他的父亲披星戴月,在寒冬酷暑里开大巴;他的母亲带着他十年如一日地奔赴医院,风餐露宿;他一边忍受着每次治疗过程中的痛苦,一边还要挑灯学习;黄博士、宋博士带领的团队研究出的堆积如山的产品方案……

打开岳岳的医疗记录，厚厚一大本，一行行的文字，深深浅浅，有些页已经折皱破损，想来跟着他们母子一起走过了10年的风雨。这一切逐渐模糊起来，仿佛串成一条绳索，死死拽住了一个快要坠落悬崖的人。我想，岳岳身上发生的奇迹，缘于所有人都没有放弃。

这就是那1%的人生，这就是那1%的可能。

我永远愿为这1%的可能，付出100%的努力。

（摘自《读者》2021年第1期）

独自老去

张 瑞

缓慢的含义

文洁若老师94岁了。她每天早晨6点起床，8点开始工作。

她在做翻译。自己到底翻译过多少日文书？她记不清了，大名鼎鼎的川端康成、芥川龙之介的作品当然翻译过，并不那么为人所知的三浦绫子、佐多稻子之类的作家，也能排出一串。现在，她已经成为中国翻译日本文学最多的人。

文洁若不会用电脑，她还保留着最传统的写作方式——要修改时，用剪刀剪下指甲盖大小的白纸，用胶水工整地贴在原处。可以想象，这让她的翻译变得愈加缓慢。

以缓慢的速度，2020年，文洁若在翻译太宰治的作品。她匍匐在书桌前一日又一日，稿纸就积了厚厚一沓。

文洁若是已故作家、记者萧乾先生的妻子。

萧乾还在世的时候，家里的访客总是络绎不绝，文化名人、青年学者、传记作家，都是来找丈夫的。与丈夫和他的同辈友人相比，她才是那个带来青春气息的人。那是一段快乐而热闹的时光。一位电台记者记下了来访的情景。

萧先生对文先生说："洁若，穿上你的漂亮衣裳！"文先生立刻跑回卧室，换了一件色彩鲜艳且有流苏装饰的上衣，还涂了口红。

萧乾去世后，曾经络绎不绝的访客少了许多，家里冷清下来。她以一种毫不拖泥带水的态度向丈夫的"身外之物"告别。萧乾的手稿、信和照片交给图书馆，内蒙古大学建了一座萧乾文学馆，她就邀请他们来家里挑选可资纪念之物，后者来北京用卡车拖走了一车物品，宛如搬家。

她一个人住，以翻译为乐，以书为伴。房子老了，她也老了。房中寂静，只有笔头作响，在漫长的一生中，这大概是唯一一整天都可能没有人和她说上一句话的20年。丈夫去世了，子女远在国外，她一个人生活。

她把所有精力都贡献给了工作，前来拜访的人总会震惊于房间里的杂乱，到处都是书。她在书与书的包围中曲折穿行，碎步儿无声，就像一只上了年纪，却依然不失优雅的猫。

"我一个人过得挺好。"文洁若说，"还有翻译工作要做。"

追赶太阳

"我的英文名是Maggie，我就叫萧乾Tom，因为有一个小说，乔治·桑写的,里面有一对兄妹叫这两个名字,我们也这么相称。"在一个冬日的下午,老人开始翻检记忆,仿佛从旧时光的口袋里掏出糖果。

她很少聊起自己,总是聊到丈夫。一方面是习惯使然,即使丈夫去世后,来家里的人也多是为了听她说说萧乾的故事。人们对她丈夫比对她更感兴趣,她早已心知肚明。另一方面,她是发自内心觉得自己的人生无话可说。"我没什么了不起的事,萧乾那才叫有意思。钱锺书说他有才华,关于我,钱锺书可一句话都没说,见没见过都不记得呢。"这么说的时候,你不会从她的语气里感到一丁点儿不满。丈夫有天分,她比不上,他是主角,自己是配角,但这不妨碍她有着不以工作为苦的自得其乐。

客厅的正墙上,是一幅翻拍的萧乾先生的黑白照片,不过不是他老年的样子,而是1942年,32岁的萧乾在剑桥大学的留影。那是一个文洁若自己都没见过的青年时代的丈夫,在英格兰的艳阳下,歪着头露出顽皮的笑容。照片正对书桌,她也就日复一日在丈夫的微笑中努力工作。

丈夫比她大17岁,与她结婚前,早已成名。他是写出《红星照耀中国》的埃德加·斯诺的学生,与沈从文有师生之谊,和巴金是挚友,冰心叫他小名"饼干"。他出版过小说,翻译过小说,在复旦大学当过老师,还是"二战"中西欧战场上唯一的中国记者。

他们是通过翻译结缘的。20世纪50年代初,文洁若梳着双马尾辫,是刚入职的小编辑,向萧乾请教一个翻译难题,萧乾给了她满意的解答。她写信夸对方造诣不凡,不留神"造诣"写成了"造脂",萧乾看了就笑:"呦,我可够胖了,再'造脂'还得了。"

他们在1954年结婚,新婚之夜,新娘还在灯下看校样。萧乾对妻子说:"你好像到这世间就是来搞翻译的。"

可不久连翻译也搞不成了。"反右""文革"接踵而至,改造、下放、被关"牛棚"、遭受大字报批判，与萧乾结婚的头30年，文洁若仿佛掉进苦海。等到两个人狼狈地爬上岸，他们都老了。

文洁若说，这些年有时会梦见丈夫，但不是客厅照片里青春正好的萧乾，而是那个她最熟悉的满头白发的老头儿。

"他就在书桌旁坐着，没说话，好像在等你赶紧说完，他好继续工作。"文洁若说着，笑起来，"反正在我的梦里，他还活着，并且在工作。"

许多光阴被无意义地消磨，他们并不甘心。在决定翻译有"天书"之称的《尤利西斯》时，萧乾80岁，文洁若退休一个月。

一开始萧乾不想译，要"自讨苦吃"的是文洁若。

而萧乾在文章里说，他后来同意翻译，是因为文洁若，怕她一个人翻译，累死了让人笑话。

于是有5年时间，一对老夫妻，每天5点起床工作，文洁若主译，每翻译完一章交给丈夫修改。他们约定每天不翻译完一页原文不睡觉。许多个早晨，萧乾想多睡会儿，文洁若就站在床边数"1，2，3"。他们从古英语中找注释，从《金瓶梅》里找灵感，过程艰苦得让脑细胞排队自杀，但后来他们说，那是两个人在一起最快乐的5年。

一对老人拼尽全力，想要追赶时间，就像和太阳赛跑，直到其中一人先到达生命的终点。

"萧乾想写到最后一天。"如今回忆往事，94岁的文洁若语气温柔，"他昏迷前还拿着笔，算是做到了。"

以后的20年，便剩她一个人继续工作，继续追赶太阳。

活 下 去

　　似乎只要活得足够长，就会与遥远的往事不期而遇。当文洁若一个人守在老房子里时，有一天，久未谋面的外甥女来找她，手里拿着一沓泛黄的信纸。那是在一间旧阁楼里发现的，阁楼的主人早已过世，打扫的人发现了一整沓80年前写给阁楼主人的情书。写信的人，是她的二姐。

　　在文洁若的书桌上，一直摆着一幅幼年时的全家福。那时她的父亲还是驻日外交官，他们一家生活在日本。照片里有父母、大姐、三姐、四姐，两个幼弟和自己，但没有二姐。因为在文洁若7岁的时候，19岁的二姐和阁楼的主人——她的老师私奔了。父亲一怒之下登报与二女儿断绝了父女关系，举家迁往日本。在日本时，他们收到二姐的死讯。在死前，二姐诞下一个女婴。

　　文洁若将这些情书交给一位相熟的编辑，托他出版成书。于是在21世纪，当年的"五妹"已经成了老太太的时候，永远年轻的二姐成了一本书的作者。

　　文洁若1927年出生在一个书香门第，祖父是清朝的进士。在旧时代，文家的女儿接受了最好的教育，除了高中没念完就离世的二姐，四姐妹都读了大学。

　　如今，垂垂老矣的文洁若喜欢以夸耀的语气回忆几个姐姐。大姐是文家女儿中唯一会写小说的，小说发表在《国闻周报》上，后来她才知道当时的编辑就是丈夫萧乾；二姐学法文，自然最浪漫、最有勇气，她为了爱情不惜与家庭决裂；三姐最潇洒，戴一顶贝雷帽，骑自行车上学，因为成绩优异被辅仁大学免试录取；四姐和自己长得最像，但四姐是天才，会五国语言，还会拉丁文，能弹钢琴，会作曲。

但后来，曾经的五姐妹都离散了，大姐只身去了异国他乡，再没有写小说；二姐早亡，一张相片也没有留下来；四姐因为二姐的去世对人生充满幻灭感，年纪轻轻就入了修道院，22岁就死了；三姐在19岁的时候摔伤了腿，在床上一躺就是17年，能站起来的时候，青春都消散了。

三姐死后，文洁若才知道，三姐像二姐一样，也有过一个恋人，但父亲知道后把家里闹得天翻地覆，两个人断绝了联系。后来，三姐的腿摔坏了，心上人投笔从戎，他们的人生再无交集。两个人再见面时，已经是半个世纪后，心上人儿孙满堂，而三姐一辈子没有结婚。

"我是家里最笨的那一个。"文洁若说，这不是谦虚。如果说她有着比姐姐们更多的成绩，那只是因为她一直活着，还可以继续努力，这就是她的幸运。"活下去"是反抗、是希望，"活下去了"是运气，也意味着肩负了全力以赴的义务。

丈夫走了，五姐妹只剩下她一人。她用自己的方式怀念他们，她给萧乾编全集，给二姐出书，将自己的译本以三姐的名字发表，给孙女取名Sophie，那也是一个姐姐的名字。

而最佳的怀念方式，自然是继续工作。

较　　量

许多拜访过她的人，都听老太太说过要活到113岁的目标。她已经计划好了，翻译到100岁，然后估计脑子不够用了，再开始写回忆录。旁人委婉地提醒她，现在动笔也可以，但她从不为所动。

作为一个94岁的老人，文洁若的身体状况堪称优秀。她的图书编辑李若鸿每年会陪她去做体检，除了眼睛，一点问题没有。

这20年，文洁若说她从不感到孤独。她不像一般的老人，愈到晚年愈渴望家人的陪伴。萧乾去世后，她原本答应去儿女所在的美国，但那年发生了"9.11"事件，这就让她有了不去的借口，她告诉儿子萧桐，说她乘的飞机准得掉下来。

但一点儿孤独感都没有吗？李若鸿说，大概还是有的，她只是不表露出来。虽然她不主动给儿女打电话，但接到他们的电话，她也很开心。2020年，她每天看报纸，关心美国的疫情。她不是不想他们，只是不想离开这间旧屋子，离开她的工作。

"她不信能在海外做她在国内做的事儿。我猜她更怕失去各种联系、熟悉的语言环境，变成无关紧要的'普通人'。"萧桐说。

萧桐认为，母亲的一生是勤奋的一生。她曾经将全部精力奉献给丈夫、家庭，如今她想献给自己的工作。

于是，没有什么能阻止文洁若继续努力工作。她全身心投入其中，既得宁静又得幸福。

在她最满意的翻译作品——日本小说《五重塔》里，她曾经用优美的语言道出作者的感叹：

"人之一生莫不与草木同朽，一切因缘巧合都不过浮光掠影一般，纵然惋惜留恋，到头来终究是惜春春仍去，淹留徒伤神。"

那该怎么办呢？

"既不回顾自己的过去，也不去想自己的未来……在这鸡犬之声相闻，东家道喜、西家报丧的尘世中，竟能丝毫不分心，只是拼死拼活地干。"

（摘自《读者》2021年第7期）

惊鸿一梦，逆流而上

鲁西西

你太像你爷爷了

35岁的裘继戎长着一张能让人看到辉煌余影的脸。10岁进北京戏曲艺术职业学院时，老师看着他勾完脸的扮相，会感动得流眼泪。"你太像你爷爷了。"

"你太像你爷爷了"，长辈们反反复复跟他讲。爷爷过世得早，裘继戎没见过他。但裘继戎打小就知道，爷爷是京剧"裘派"的创始人，而传承的担子压在了自己这个唯一的孙子身上。

2020年最后一天，裘继戎出现在哔哩哔哩跨年晚会上。他和几位其他戏种的演员一起，表演了戏曲与舞蹈相融合的节目《惊·鸿》。演出结尾，裘继戎转身跪地，提笔蘸满油彩，颤抖着在自己曾饱受评判与争议的脸上勾画着。

他想，也许观众们并不知道，此时播放的是爷爷裘盛戎的原声唱段，他在脸上勾画的扮相也源自爷爷的脸谱。观众们可能也不知道他跪的是什么，为何如此激动。

爷爷已经去世50年了，父亲也已去世25年。无论是梨园行还是整个社会，都发生了翻天覆地的变化。但对中国社会来说，有些规矩是长久存在的，例如家庭的影响、父辈的意志。许多人一生都在试图挣脱父辈的阴影，却发现逃不掉，甚至离不开。这种羁绊感，在裘继戎身上尤其明显。

初看去，他站在潮流前端，打游戏，跳 Popping（机械舞，属于街舞的一种），把京剧的身段编进现代舞，热爱迈克尔·杰克逊。

但与此同时，他还置身于一个令大多数年轻人都感到陌生的世界。在那里，规矩严苛，关键词是世家、传统、流派、衣钵……言必提"从前"。

就因为姓裘吗

从10岁到30岁，裘继戎眼前只有一座叫"继承"的独木桥。在戏校，每天早晨6点起床练功，唱念做打，样样严格，除了吃饭睡觉，都在学戏。被人拿来与祖辈做比较是他不可避免的命运。

在外人的想象中，名门之后的生活应当舒适优渥，但裘家并非如此。裘继戎4岁时父母离异，父亲带着他重组家庭，但"这个新家庭是不幸福的，为了我每天充满争吵"。无奈之下，父亲把他送到了房山的徒弟家，让他在童年时就感受到了"人生给你的第一记重击"。父亲去世后，在木偶剧团工作的母亲用不到2000元的工资养活这个家。"父亲什么都没留给我和妈妈，除了伤心。"

在艰苦和忧郁中，裘继戎进入了青春期。他开始怀疑：为什么生活和前程里只能有京剧？同龄人的人生才刚刚开启，但裘继戎的人生却已注定——唱京剧，工花脸，以祖父裘盛戎的标准来要求自己，演出他的经典角色，学他的扮相、唱腔、身段和神采。

于是，宿命般的时刻出现了：有一次和妈妈上街买菜，裘继戎看到一家音像店在放迈克尔·杰克逊的MTV——完全不同的旋律和舞姿，一下子抓住了他。他缠着妈妈买了一台VCD机，每天对着电视机，一点点地学跳机械舞和太空步。

"我是谁？"爱上舞蹈后，这个问题让裘继戎感到迷茫。有一次姑父杨振刚要给他加课，他借口生病了，跑去和同学练舞。姑父发现后怒扇了他一个耳光，把他打得暂时性失聪，去医院看了急诊。后来两个人再没提起这事，但裘继戎总是忍不住说起，他一辈子也忘不了长辈那恨铁不成钢的愤怒。

考上中国戏曲学院之后，他逃课跳舞，组建舞蹈团四处演出，和家人冷战，甚至一度想要退学。

20岁时，他给过世的父亲写了一封信，吐露心声："我为什么一定要干京剧这一行呢？就因为我爷爷是裘盛戎，我爸爸是裘少戎？……因为我姓裘，就因为姓裘吗？"

人还在，但是灵魂没有了

学了十年的技艺，想丢，已经丢不下了。大学毕业后，裘继戎还是进入了爷爷和父亲工作过的北京京剧院。这曾是一座辉煌的京剧殿堂，"梅尚程荀""马谭张裘赵"曾集合于此。

但当裘继戎入场时，京剧已经步入需要"抢救"的没落境地。演员们大部分时间都在练功，一个月只有一两场戏，台下观众寥寥，且多半是老人。裘继戎问自己：都说让我继承，可是都没有人看了，我继承它到底为了什么？

在压抑中，他对舞蹈的热爱重燃了。在别人看来，他常常一心二用，是个异类。他早上练功，下午跳舞。有演出时，他勾好脸，趁演员走完台的间隙，跑上去跳舞。

直到现在，他还会听到有人说他是"逆子"。

爷爷的铜像，至今仍摆在北京京剧院一楼的大厅里。一年年地从爷爷的塑像前走过，年岁渐长的裘继戎开始思考：所有人都告诉我，我需要传承，可我要传承的，究竟是什么？

而实际上，被奉为一代宗师的裘盛戎，在京剧的辉煌岁月里，也是以叛逆者的姿态登场的——当他将老生、青衣等行当的唱法融入花脸时，也一样被非议为"妹妹花脸"；当人们封其为"裘派"创始人时，也是裘盛戎本人，反对将自己的一切当作标准。人人都说"十净九裘"，但"裘派"到底是什么？裘继戎觉得，是一种精神。

2019年，裘继戎的母亲也走了。父辈渐次退出他依然年轻的生命。路走到今天，他不打算回头。"如果爷爷现在活着的话，我肯定能跟爷爷成为哥们儿，我觉得爷爷一定会支持我。"

一定要找到自己是谁

哔哩哔哩跨年晚会播出后，裘继戎主演的《惊·鸿》收获诸多好评。

《半月谈》杂志评论说："当传统文化结合新的表现手法，当东西文化、古典与流行进行更为大胆的探索，你是否也能感受到文化传承与融合的力量？"

身为"裘派"的唯一传人，裘继戎却从未见过开创门派的祖父，只是从别人的口中听说过他的故事。这吊诡的命运，给了他构建节目的灵感——没有见过，如何传承？没有选择，如何热爱？

于是，"梦"由此生。梦里，杜丽娘和柳梦梅可以跨越生死相会，祖孙自然也可以穿越时空和褒贬，初见即神交。梦里他听到了从未谋面的爷爷的声音，然后走入各种戏曲的经典场景。不只有京剧，一切在这里都能出现，没有隔阂，他都能去学习、去尝试，而以现代的舞蹈来表达，他和戏曲之间的关系是似隔非隔、彼此欣赏的。在最后，他勾脸，是和祖先对话。这是了了他的心愿。

在舞台上的最后30秒，一切昔日的辉煌都退去了，剩下"裘派"的包公，施以嘱托的眼神与手势。一束光打在舞台上，打在包公黑色的脸上，打在裘继戎伸出手却无人相握的背影上。包公水袖一甩，退场了。而裘继戎的脸上，微微露出五味杂陈的神情。

裘继戎自己明白："慢慢地，他们在游离的状态下离开这个舞台，最后我又是很孤独的一个人。虽然很难，但我一定要找到自己是谁。"

（摘自《读者》2021年第6期）

成为自己想成为的人

西 茜

1990年出生的西茜，5岁拜父为师学习绘画。当她坚持退学回家、专攻绘画时，父亲以宽广的胸怀为女儿撑起一片天，鼓励她坚定地走自己的绘画创作之路。

父亲的决定

我小的时候，无论想学什么，都会得到爸妈的支持，所以，我在尊重和理解的氛围中长大。小时候我的爱好很多，想学古琴、钢琴和琵琶，爸爸说："没问题，我可以弹吉他给你伴奏。"我还要学武术，爸爸就开玩笑："我学不了你那些，但是我可以在你身边打太极拳。"对于我的任何想法，爸爸妈妈都鼓励，还想陪着我一起实现。快过8岁生日的时候，我把自己深思熟虑后的重要决定告诉了他们：我要退学。

这并不是我随口说出的任性之语。上学之前，我一直按照自己的轨迹，每天自由地读书、画画。爸爸是位画家，我看着他心生羡慕，于是就有了当艺术家的理想。

到了上学的年龄，我本来非常期待校园生活，想有更多的时间跟小伙伴们一起玩，大家开开心心地过集体生活，结果却完全不是我想象中的样子。老师们留了很多作业，我根本没有时间玩。爸爸还特意去学校问老师："我的孩子在家里就已经学完了课程，考试也没问题，可不可以不让她写作业？"老师听了爸爸的话非常吃惊："谁也不能搞特殊啊。"没办法，妈妈就帮我写一些作业，想给我更多的课外时间。我还喜欢上课时偷偷看课外书，结果被老师发现了，他们觉得我不尊重他们，让我罚站。

我总以为自己很乖。在家里，爸爸会向我提要求，不过他不会命令我，而是耐心地引导我，给我指明方向，我会努力达到他的期望。到了学校，因为我"不听"老师的话，所以就成了"叛逆"的孩子。终于，我郑重地把要退学的想法告诉了爸妈。他们互相看了一眼，问我："你想好了吗？再好好想想吧。"他们告诉我，追求梦想，当艺术家，他们都支持；但是人不能太理想化，上学符合大多数人的思维习惯，如果没有实现艺术理想，上学起码还有一个保障。我一下子就哭了，跑回房间关上门，把自己锁在里面，不跟他们说话，算是给彼此留一些时间和空间考虑。

不管在任何时候，爸妈都用包容的态度对待我，他们想得更多，自然明白退学的决定会给我们家和我带来多大的影响和考验，但他们从没怪我胡思乱想。面对我的坚持，爸爸做了决定：支持我。我很欣喜，可当时根本没有考虑到，这个决定会带给爸爸多少压力。

父亲的担当

我退学后，爸爸就"上岗"了，几乎成了我的全职老师。他要教的不仅是画画，还有更多学科。爸爸认真地思考了很多，包括希望我读什么书，学什么知识。他自己做了教材，给我指定必读书目。他每天上午教我画画，下午带我去图书馆，晚上和我散步回家。我们会交流当天看了哪些书，阅读的感受是什么。我特别佩服他的速记能力，为了让我保护视力，他会每天读一两本书，再把里面的精华部分背给我听。他最喜欢的书是《老子》，特意给我传递了以自然观万物的观点。他希望我能沉浸在阅读的海洋里，从哲学和文学的角度看待绘画艺术。逐渐地，爸爸不再限制我的阅读范围，而是鼓励我什么类型的书都要涉猎，这可以让我和更多人有共同语言。

为了让我成为不一样的人，爸爸牺牲了很多。他一方面为眼前的日子发愁，另一方面也忧心我的未来。他为了专心教我，辞去了学校的职务，转做职业画家，但这样收入就不稳定。在我10岁时，他的健康出了问题。一开始他被诊断为心肌梗死，后来才知道是癌症早期。因此，他不能再做高强度工作。如此一来连画家也当不成了。我们一家三口彻底失去经济来源。我们卖了房子，几乎到了山穷水尽的地步。外婆看我们实在可怜，就把她的养老金和社保卡交给妈妈，我们省吃俭用勉强过活。最困难的时候，我们家每天的生活费不能超过50元，但是，买绘画材料和书的钱一分不少，就连我的其他爱好，爸妈都依然支持。他们理解，自从退学，我就没法和太多同龄人建立友情，这些爱好就是我的"朋友"，能缓解我的寂寞。

其实在那个时候，爸爸承担的最多，却没有让我感受到任何压力。他的自信让我坚定，给我信念和力量。他认为，只要我拥有善良和坚持的品质，追求自己的梦想，未来我们一定会有美好的结局。爸爸总是跟我说，你一定要成为自己想成为的人，我们能理解你，因为艺术不能被规定，你要一步步去探索属于自己的路。这条路可能非常窄，窄到只有你一个人能通过，但是你要去寻找，哪怕披荆斩棘，经历种种磨难。与众不同的经历与想法，对你未来的创作非常有帮助。

爸爸一路引导我做自己，让我在每个年龄段都对自己有清醒的认识。我从小的梦想是当画家，后来随着创作经历的丰富，我的想法也更加完善。我希望自己有爱心，保持童心。我眼里的世界是美好的，我遇到的每个人都是独特而可爱的，我希望通过绘画表达自己内心的感悟。我热爱中国传统文化，因此我的很多画作都在传递中国古典之美。比如为我赢得2017年美国艺术大奖赛一等奖的《蝶恋花》，里面人物的服装、发型都是我亲自设计的。还有《莲花》，它代表中国人的精神境界——不仅象征女性的高洁，还有君子的高尚情怀。创作《莲花》时，虽然我用了油画的颜料和画布，但背景是如古画般的素面。观看了越来越多国际知名博物馆的藏品后，我越来越意识到表达中华之美的重要性。因此，我在大多数作品中都追求东西方文化的融合，表现中国画的腔调和审美意境。

父亲的牵挂

随着爸爸的病情越来越重，我们都很清楚地意识到，他与我们离别的日子越来越近了。我和妈妈分工，白天我照顾他，夜里妈妈照顾他，我们寸步不离地守在病床前。当时爸爸安慰我们："我们一家人在一起的时间比很多人家都多，所以不要哭，不要伤心，要坚强。"

我记得他离开我们的那一天是2014年2月18日。因为癌细胞扩散到了大脑，他忘记了一切，连自己是谁都不记得，却在去世前一晚不停地跟我说："宝宝，你喝水了吗？要喝水。"还对相爱多年的妈妈说："很多人不懂你，但你是我最珍贵的宝贝。"第二天早上，他已经完全不能说话，只是看着我，看着妈妈。我永远不会忘记他充满眷恋又坚定的眼神。最令我震撼的是，他的神情里没有一丝伤感，只有满足和欣慰。

　　爸爸走了，我没法像他在的时候那样随时向他倾诉，只能在他的照片前跟他说话。一开始，我觉得失去了最宝贵的东西，一切都将没有意义。后来我慢慢明白，我还在，我可以在我的生命里、在我的作品里延续爸爸的思想和表达，还有他的人生路。我有一幅重要作品《珍珠》，它的含义是：每当我流一次眼泪，就收集一颗珍珠，等它们串成项链，那就是我浓浓的回忆。其实我画的是自己。可能大家觉得这个人是忧伤的，但我想要传递的是：人生一定会经历悲欢离合，但是人们心底最真的信念，也许会在你最伤感的时候爆发，会让你在绝望的时候看到希望。我在生活中感到困惑和迷茫时，总会感受到父亲的存在。他虽然离开了我们的世界，但是他一定会在另一个世界看着我，看着自己的女儿成为他希望的样子。

（摘自《读者》2021年第5期）

三轮车夫登上学术舞台

王景烁

潜心阅读的蔡伟

11年前，只有高中学历的三轮车夫蔡伟被复旦大学出土文献与古文字研究中心破格录取为博士研究生。

如今，48岁的他在贵州安顺学院教3门课，看到学生，他会想到自己。

他因知识改变命运，他希望自己的学生也能如此。

他从没给学生提及他的那些苦日子。那时，他每卖50根冰棍，才能买一本5元的二手书。东北的冬天，他把《老子》《庄子》《韩非子》包上书皮，套层袋子，塞进保温箱的夹层，有空就取出来读。

如今，他自称"学术不差也不冒尖"，一年发表一两篇论文。大多数时候，他喜欢一个人待在办公室，被泛黄的古书包围。电脑屏幕被竖起来，便于放大查看那些模糊难辨的古书图片。时不时，他提起毛笔，在宣纸上写小楷。

蔡伟研究的领域是"小学"，这是中国古代对文字学、音韵学和训诂学的统称。他的工作是将旁人看着晦涩难懂的古文字，解析出准确的意思。

"如果没什么真知灼见，就干脆不写，写一篇论文至少要解决一个问题。"蔡伟说。

这些已刊发的文章，不少来源于他早期写下的读书札记。他积攒下了几十本笔记，落款的时间跨越了30年。

小学时，他练过几年毛笔字。因为字帖上总有很多看不懂的繁体字，他便捧着字典来回查。他的语文成绩一直领先，到了高中，理科最低的成绩只有十几分。

蔡伟把图书馆当成教室。锦州市图书馆办借书证要资质，他便磨着父亲请单位盖章。他几乎天天打卡，一年多的时间里，光是古书，蔡伟就看了两三百本。

高考落榜后，蔡伟进了橡胶厂工作，工厂实行三班倒。工作之余，他就泡在图书馆，"几乎把能看的书全看了一遍"。

3年后，他从橡胶厂下岗。蔡伟没钱、没学历、没技术，摆在他面前的路似乎只有两条，做小买卖或是卖力气。

他先在食堂后厨做过一年，是临时工，一个月100元的工资，主要做馒头。后来，他买来一辆三轮车，绑上1米长的木箱，里面再塞三四个保温箱，放入棉被隔温，每天跑去商场门口摆摊。

雪糕5角一根，冷饮1元一瓶。天热时，雪糕卖着卖着就化了，他自己吃一些扔一些。冬天时冷饮卖不动，他改卖炒瓜子，有时一个月赚不到

500元。摆摊的空当，他读书，有时捡行人随手丢掉的废烟盒，抽出锡纸，用来记笔记。

他知道自己不适合做小生意，但不敢不干。"不然能做啥？"蔡伟说。

在很长一段时间里，他沉浸在古文字的孤岛里。有人说蔡伟"酸"，饭都吃不饱还琢磨"闲书"，不务正业。家人看不懂他的研究，身边找不到能问询的老师，他便一本一本地看，没什么章法。

那时，每过两三天，他就跑去图书馆换一批新书。锦州市图书馆的工作人员以为他看着玩，问他："这玩意儿你能看懂？"直到后来，有人拿来收藏的民国古画咨询真伪，蔡伟通过画中的文字一眼识别出那是赝品，才赢得在场的人赞叹。

自学四五年后，24岁的蔡伟寄信给复旦大学出土文献与古文字研究中心教授裘锡圭、清华大学出土文献研究与保护中心主任李学勤等学者。他向对方请教，也提建议。

裘锡圭在1997年第1期的《文物》上发表过《〈神乌赋〉初探》，提及尹湾汉墓出土的简牍篇目《神乌赋》，其中的"佐子"不明其意。蔡伟写信表示，"佐子"疑读为"嗟子"，即"嗟"，是叹词。

后来，裘锡圭同意了他的看法，还在1998年第3期《文物》上发表了文章。

在锦州，蔡伟一家三口挤在一间屋里，墙边、床底下塞满了古书。可更多他想看的古书是买不到的。碰上实在喜欢的，他就从图书馆借出，直奔复印店。那份复印版的《广雅疏证》已有30年，字里行间被他写满了批注，直到现在还在使用。

有些书无法外借，他就坐在图书馆里抄。橡胶厂发的表格纸被他小心翼翼地攒成摞，再一一从中对折，有字的一面向内，订成一本。他仿照古书从右侧写起，完成《尔雅》的抄写，花了20天。

这些简易的装订本，被他越翻越薄，折痕处轻微一碰就可能散开。

他最奢侈的消费是凑钱买了一台电脑，接入互联网的第一件事就是在搜索引擎里检索古文字。

蔡伟的读书笔记

在国学网上，爱好相同的人扎堆在论坛里发帖子。蔡伟家联网是通过电话线，每次他拨完号，就快速打开论坛和邮箱，使用十几分钟后便匆匆下线。

即便如此，那几个月，他家的电话费还是频频超支。后来，他干脆去网吧，在一片打游戏声中敲着自己的学术思考。

他没写过点击量超高的"爆款"文章，不参与论坛家长里短的讨论，只发言之有物的硬核观点。第一回"披着马甲"发帖，他就被版主私信询问："你是蔡伟？"

那时候，除了给几位古文字学学者写信，蔡伟已在几所知名高校主办的学术网站上，发表过自己的学术观点。

在当年的版主、如今的北京大学考古文博学院副教授董珊的印象里，蔡伟对古书熟，引用辞例信手拈来。在那个检索并不方便的年代，蔡伟盯着旧材料，总能发现新问题，还解释得精准。

董珊和蔡伟同龄。他说，蔡伟是那种利落干脆的人，一两句话解决一个问题，不用多说，一看就对，"这种本事差不多是对古书了如指掌的老先生才能做到的"。

干这行，即使是学术大家，也偶有误差。不过，蔡伟的错误率很低。

裘锡圭也曾在回信中肯定蔡伟："不计功利，刻苦潜修，令我十分钦佩。"

后来，蔡伟的妻子病倒了。这个下岗后在超市当过服务员、送过报纸和牛奶的女人，被迫中止工作。儿子还在上学，家里全靠蔡伟一个人支撑。为了给妻子治病，他向亲戚借了5万元。

拉车比卖冰棍、瓜子赚钱，他便蹬着三轮车在城市里穿梭。从早到晚，一天跑10多趟，挣三四十元。白天停不下来，晚上回家累得倒头就睡。原本大片的读书时间，也被切割得很碎。一年后，奔波的蔡伟头一次感觉到，自己的境遇竟如此糟糕。

在此之前，无论是和学者的书信往来，抑或是在网上，蔡伟从来都只谈学术。有一次，蔡伟忍不住在信中写了寥寥几笔，对董珊讲述了自己的现状。

那封信只有一页多长。在董珊的记忆里，对方没提要求，没有抱怨，却让他动容。董珊找到复旦大学出土文献与古文字研究中心的教授刘钊。2008年，复旦大学出土文献与古文字研究中心与中华书局、湖南省博物馆联合编纂《马王堆汉墓简帛集成》，临时聘请蔡伟加入。

这是一份根据前人观点进行修正、完善的工作。蔡伟一张张翻阅竹简照片，写下注释。古文字本就难认，多数还模模糊糊，平均下来，一列的30个字里，要重新解释的有将近一半，蔡伟花一天时间才能完成一支竹简的注释工作。

进组一年，他的能力大家有目共睹，几位教授想让蔡伟读博。

从2000年起，复旦大学开始实施一项制度：两院院士、杰出教授和全国百篇优秀博士论文指导老师，可以自主招收博士生。考题由导师自己出，学生可以不参加统考。作为国内知名的古文字学家，裘锡圭教授有自主招生的权力。

不过，按规定，报考博士必须具有硕士学位或同等学力，蔡伟只有高中学历。复旦大学研究生院的领导最终找到教育部，将裘锡圭、李家浩、吴振武3位著名学者联名写的推荐信，连同复旦大学的申请书一起报送教育部。

入学考试是摆在面前的一场大考。蔡伟的英语不过关，还10多年没怎么学，学校就将英语考试改为日语考试。可蔡伟的日语也是零基础，他突击了一段时间，终于过线。

因为是自学，蔡伟的知识体系并不系统，他跟着博士班上课，按学校的要求，还要补基础的通识课，修一些本科、硕士课程。后来，他的学分修满了，但博士论文迟迟不过关。他要学着去适应学术表达的范式，来来回回地改。他博士读了6年才毕业，算是班上最久的。

他也是班里年龄最大的，比同学年长近10岁，但档案最薄。毕业后，他本想回东北，投了好几所当地的院校，简历都没过——频繁地卡在年龄、第一学历、发表的文章上。

半年里，蔡伟一共投出二三十份简历，多在第一轮就被淘汰。直到安顺学院录用他，他才定下工作。这是他找的所有工作里离家最远的一个，彼时安顺尚未开通高铁，他从锦州赶来用了两天两夜。

他被安排在学校图书馆的古籍特藏部，编写馆藏古籍书志。在图书馆里，他是学历最高的，也是唯一一个研究出土文献的。他还教3门课，古代汉语、文字学和书法。

蔡伟喜欢泡在几所知名高校主办的出土文献网站上，看最新的学术观点。但凡出了新材料，他就找来研究。

在网上，他起了五六个网名，"锦州抱小""小雅""黔之菜"……"有时候就是刻意不想让别人知道是我写的。"蔡伟说。他享受更换网名后归零的状态，用新的名字"再慢慢闯出一片天地"。

他刻意从曾经的片刻"高光"中淡出。因为被破格录取，蔡伟曾被写进新闻里，后来他拒绝再接触媒体，为此特意换过手机号。"古代典籍本来就冷僻偏窄，既然不为大众熟知，也没必要总是让人知道。"

他强调，自己只是喜欢这门学科，不愿当所谓的学术明星。他最担心自己的精力被分散。

"只有对学术产生影响，在古文字学界能有深入的研究并发表独立客观观点的人，才是最神圣的。"他曾这样表示，"做学问，不就是要经得住长时间的埋头嘛，名利是致命伤。"

圈子里知道蔡伟的人不少——他的文章不以量取胜，但都能立得住脚。

董珊感叹，无论是最初在论坛上相识，还是后来因为破格录取被写入新闻，蔡伟本来有很多"可以红"的机会，但他始终是淡淡的，低头研究自己那摊事儿。

蔡伟不讲究外在的东西，唯独执着于买书，每年购入的新书有几百本。离开复旦大学前往安顺学院时，他打包运出80多箱藏书，花了4000多元——快赶上后来一个月的工资。

蔡伟仍不富裕。他把家里一整面墙打成书柜，买来能两面放书的书架，再加一张一米长的书桌。

在做学术之外，他的生活很简单，逛市场、刷短视频，或是练练毛笔字。自行车骑久了，他会腿疼，这是之前蹬车落下的老毛病。

在复旦读博的时候，他回过锦州，到昔日摆摊的地方转了转。一同出摊的4个人,只剩下一个。他记得,自己曾是这群摊主里最年轻的,夹在一片吆喝声中,捧着书的他看上去总有些格格不入。

(摘自《读者》2021年第1期)

月光如水照缁衣

钱红莉

年岁渐长，睡眠渐短，凌晨三四点醒来，窗外虫鸣烨烨，秋夜格外静。我于黑暗中摸过手机，一张一张翻看汪曾祺的旧画。

有一张，设色老旧。两杆菊，墨梗，墨叶，黄瓣，其中一朵的蕊上，着一点点红。菊旁蹲一茶壶，酒杯一对。壶身是汝窑的淡青，上覆菊瓣式样壶盖，酒杯外层月白，里面铺一层松花黄。两朵黄菊，繁而垂，似沉迷于烈酒的寒冽里……题款标明，作于一九九三年冬月。自古残菊不过冬。老先生何以冬天画菊？莫非无人陪饮，寂寞之余，描两梗菊代之？

他嗜酒如命。家人可能一直不知老爷子晨起饮酒之事。他的一个女儿信誓旦旦：老头子一天只喝两餐酒。蒋勋则在书中回忆，当年在爱荷华，老人早起，独自在房间喝威士忌，满脸通红的他，在走廊哼唱《盗御马》……观汪曾祺的这幅酒菊图，我似读出了他的寂寞，无人陪饮的寂寞。菊开得正好，花大盈尺，酒已满斟，谁人对饮？秋菊年年开，可人，永远是寂寞的，唯有虫鸣霜雪，亘古如斯。

除了菊，老先生也画桂，不以多取胜，只两梗，姿态横斜，独独无叶，气质高华，似有梅的凛冽。实则秋桂不易入画，盖因微小花朵随时有被巨丛叶片遮蔽之险，看起来邋遢沉闷，然而，他大胆摒弃汹涌鲁莽的叶子，一片也不画，光秃秃的梗上，只点缀几簇花朵，小而赤黄。偌大一幅宣纸，两梗桂占四分之一空间，余下空旷，全给了行书随笔……典型的文人画，得其神韵，又自由自在，一股蓬勃的生命力如野马脱缰，任意驰骋，整个秋天，似都被他拥有了。

一幅水仙图，极简之风。叶两三片，花箭一支，三五朵花，如白练，两朵开着，三朵打着花苞……大片留白，望之孤寒，彻底脱了世俗气，唯余灵魂的孤清。这一幅，特别孤峭，正与心境相契，仿佛带着独行于长路的、与生俱来的孤独感。

老先生的画，大多脱不了俗世的热闹快乐，一口热气托在人间。水八仙——茨菰、芡实、莲子、菱角、茭白……一堆一堆，尚觉不够，偏要添上墨蟹，橙黄橘绿黑白灰，让你真切感受到，活在深秋的人，何等幸福。

生活的底子铺得厚，人生惘惘里，我们总得抓住点什么——看这一日三餐的烟火，氤氲着，葳蕤着。

一条鳜鱼、一撮葱、一个辣椒，也许够了，但，送佛送到西，何尝不可以再搭一颗老蒜给你？烹鱼怎能缺蒜？蒜，不仅去腥，还可增香。

我的出版人曾寄赠一箱汪氏文集，包括《前十年集》《后十年集》等。原来，20世纪三四十年代、五六十年代，老先生也曾写下大量小说，颇有一些文艺腔，直至年老成名。哪有凭空出世的奇才？他曾经默默闭关，为自己打下多少底子。一切亭台楼榭、文字宫殿，均是在废墟瓦砾中建起来的。积养深厚，才能开出花来。他晚年笔意从容，也正是得益于前半生深厚的腐殖土。

他的画亦如是，皆自丰富的内藏中来。他有个外孙女，幼时曾抨击这个外公，画的都是些什么呀！及至小姑娘年长，考上大学，选的正是美术史专业，方恍然有悟，懂得了外公那些画的可贵。

一枝木芙蓉，歇了一只遍身焦墨的鸟儿，忽然回首，将咫尺处两朵大花久久看着，题诗："小园尽日谁曾到？隔壁看花黄四娘。"他的一大批画，均作于20世纪80年代。长达十年的浩劫结束，百废待兴，他的右派帽子也摘了，或许在一个秋夜，他正读着杜甫旅居成都时的诗作，忽有感念，顺便画一枝木芙蓉。原本一幅极平凡的花鸟小品，偏偏因这句题诗，跃上一个台阶，诗画交融，彼此提携，气韵自成。

他好画罗汉图。有时，整个画面独一个罗汉，披着黑袈裟，打坐，题字："佛不整人。"唯有一幅，画了生气的罗汉，题"狗矢"两字，末了，不解恨，徒添一个浓重的"！"何事令花甲之年的他悲愤莫名，泼墨发泄？

西南联大老同学朱德熙去世当日，家人忽闻长号声，冲去书房，见他满面泪水，一边哭，一边画着什么。北京作家邓友梅新婚，他主动画一幅梅送人家，末了，又要人猜是用什么画的。这谁能猜得出？还得他自己揭晓——画白梅时，手边一时找不着颜料，顺手挤了一点儿牙膏。

早先，家人对他的画一直持嘲笑态度，谁也不宝贝，有时画铺满一地，还被女儿嫌弃："快卷起来，都没下脚的地儿了。"这样，谁还惯着他，继而为他买颜料？有人上门索画，画至顺手时，没了绿色颜料，挤点菠菜汁……三十年往矣，薄宣上那些菠菜汁早已泛黄。他女儿说起前尘往事，纵是淡淡浅浅，实则怅惘不已。

每有郁闷，总想起看看老先生的画。这一大批画作中，一直萦绕着灶台的香气、菜市的活气，更有案头清供的孤清气……我一边看，一边斟酌，渐渐意会。看画、读书、闻乐、观影……无一不提了一口热气在，不停追寻灵魂的出路。于自缚的囚笼边缘凿一小孔，外面的世界浩瀚广大，"哗啦"一下，如银河乍现，浮现目前，整个人受到晕染，也开阔起来了，受困的心逐渐松绑，得失荣辱，何以计较？

买回一只大石榴，搁置许久，皮也萎缩了，一直未有心情吃它。剥石榴，需要一颗闲心。心不静，哪有逸致去吃一口烦琐的石榴？

刚刚，见老先生的几幅石榴画，瞬间将人点燃。这眼前生活，何尝不值得去爱？他笔下的石榴外皮一律焦墨，稍微开了口，露出籽实，色艳红，仿佛火焰跳动着，我的味蕾似感受到汁液淋漓的甜度。石榴旁悄悄搁一朵蘑菇，想必是云南见手青，尚未完全散开菌盖，此时，趁鲜嫩，吃它正当时。有了石榴，有了见手青，尚不嫌热闹，还得添一根秋黄瓜，那份脆嫩，师出无门，因为顶花未谢。黄瓜要天气热才长得快，眼下已然深秋，夜凉露重，等它成熟，不知何时，索性摘下吃个嫩口。这幅小品，只有深谙植物脾性与时序节气之人，方能懂得其间堂奥。揣测他应是秋分前后画下的。未题识，只钤一枚小章，孤零零的，透着一股不为人所赏的幽深之气。

现当代作家中，有两位老人倘若活着，我一定会给他们写长长的信，像旧时代那样，自邮局寄给他们。一位是孙犁，一位是汪曾祺。

（摘自《读者》2021年第10期）

致 谢

2021年7月1日，习近平总书记在庆祝中国共产党成立100周年大会上指出："一百年前，中国共产党的先驱们创建了中国共产党，形成了坚持真理、坚守理想，践行初心、担当使命，不怕牺牲、英勇斗争，对党忠诚、不负人民的伟大建党精神，这是中国共产党的精神之源。一百年来，中国共产党弘扬伟大建党精神，在长期奋斗中构建起中国共产党人的精神谱系，锤炼出鲜明的政治品格……"这些精神包括井冈山精神、长征精神、遵义会议精神、延安精神、抗战精神、西柏坡精神、抗美援朝精神、"两弹一星"精神、改革开放精神、抗洪精神、抗震救灾精神、脱贫攻坚精神、抗疫精神等伟大精神。为了与广大读者一道更加深刻地理解、感悟并弘扬这些伟大精神，我们编选了"读者丛书（2022）"作为这套丛书的第6辑。丛书以"建党精神""脱贫攻坚精神""抗疫精神""'三牛'精神""科学家精神""企业家精神""探月精神""新时代北斗精神""丝路精神""改革开放精神"为主题，从以《读者》为代表的各类报刊、图书、网站等渠道精选了600多篇精美文章汇编成书，所选文章以生动鲜活的事例印证、诠释了这些伟大精神的深刻内涵和永恒魅力，激励我们永远斗志昂扬、奋发向上。

比之往年，今年的"读者丛书"有了几点变化：一是以出版年份作为新一辑丛书的标记；二是为了满足不同读者的阅读需求，我们还增加了两个小套系：一套精选了近180篇适合中学生阅读并且有助于他们正确处理与同学、老师和家长关系的文章汇编成3册，这些文章通过一个个生动有趣的小故事阐述了深刻的人生道理，能让读者在轻松有趣的阅读氛围中享受成长的快乐；另一套则以"家庭家教家风"为主题，分别精选相关美文编辑成3册，希望我们能继承中华优秀传统，建设文明家庭，养成良好家教，树立纯正家风，营造出更加和谐文明的社会风气。

与往年一样，"读者丛书（2022）"的策划、编辑、出版得到了中共甘肃省委宣传部、甘肃省新闻出版局以及读者出版集团、读者杂志社等各方的指导和帮助，在此深表谢意！与此同时，丛书的编选也得到了绝大多数作者的理解和支持，他们对作品的授权选编和对丛书的一致认可解除了我们的后顾之忧，对此我们表示诚挚的谢意！虽然我们尽力想把工作做得更细致、更扎实，但因为种种原因依然未能联系到部分作者，对此我们深表歉意，也请这些作者见到图书后与我们联系。我们的联系方式是：甘肃人民出版社（甘肃省兰州市曹家巷1号新闻出版大厦14楼，730030，联系人：王建华，13099199400）。

"江山无限好，祖国万年春。"编辑出版"读者丛书2022"，我们希望与广大读者一起继承和弘扬这些伟大精神，把伟大祖国建设得更加美好。

读者丛书编辑组
2022年8月